青少年成长智慧丛书

协作

XIEZUO

主编◎曾高潮　绘画◎万方绘画工作室

天地出版社

图书在版编目（CIP）数据

协作／曾高潮主编. —成都：天地出版社，2012.1（2015.4重印）
ISBN 978-7-5455-0541-2
（青少年成长智慧丛书）
Ⅰ. ①协… Ⅱ. ①曾… Ⅲ. ①儿童故事—作品集—世
界 Ⅳ. ①I18

中国版本图书馆CIP数据核字（2011）第218367号

协 作
XIEZUO

主编 曾高潮

天 地 无 极 世 界 有 我

出 品 人 罗文琦

策　　划 吴 鸿
责 任 编 辑 董 冰 田东洋
封 面 设 计 墨创文化
制　　作 最近文化
责 任 印 制 田东洋

出 版 发 行 天地出版社
　　　　　（成都市三洞桥路12号　邮政编码：610031）
网　　址 http://www.tiandiph.com
　　　　　http://www.天地出版社.com
电 子 邮 箱 tiandicbs@vip.163.com

印　　刷 北京旺鹏印刷有限公司
版　　次 2012年1月第一版
印　　次 2015年4月第五次印刷
成 品 尺 寸 165mm×238mm 1/16
印　　张 8
字　　数 100千
定　　价 22.00元
书　　号 ISBN 978-7-5455-0541-2

XIE ZUO

读者档案

签名 _____
星座 _____
血型 _____
生肖 _____
个性 _____
我的一家 _____
自我评价 _____
_____
_____

前言

　　"新松恨不高千尺"。古往今来，人们对"成长"总是充满激情，满怀期待。所谓"十年树木，百年树人"，人才的培养和造就，关乎民族与国家的未来，实乃一项需要学校、家庭和全社会通力合作的伟大系统工程。

　　进入 21 世纪，在全国范围内全面实施素质教育，是党和政府对我国教育事业发展高度重视、倾力投入所采取的重大战略举措，体现了当今教育改革与现代社会发展协调适应的必然大趋势。

　　与应试教育围绕考试指挥棒转，"师授生受"，囿于知识灌输迥异，素质教育以人为本，尊重个性，面向全体，将全面提高人的基本素质作为教育的终极目的。其崭新教育理念、多元学习实践手段和评价检验方式，如尊重人的主体精神、重视潜能开发、强调文化的传承与创新、注重环境熏陶、着眼于"润物细无声"的人文思想化育与品德养成等，无疑为新时代少年儿童的健康成长，拓展出一片前所未有的、无比广阔的自由驰骋新天地。

据此，我们特地推出《青少年成长智慧丛书》。

丛书用十个关键词（诚信、自信、创新、道德、协作、细节、独立、责任、节俭、执著）分别概括当代少年儿童应该具备的十种素质，一词一书。每本书精选五十多篇小故事，每个故事后设计有"换位思考"与"成长感悟"小栏目，用以充分调动孩子们思考问题的积极性，给孩子们以无限启迪。书中故事娓娓道来，插图生动有趣，可让孩子们在快乐的阅读中收获知识。

愿我们精心选编的故事如和煦春风、淅沥春雨，催生出已然萌动于孩子们心中的美丽新芽……

目录

第三辑：权力的陷阱

　　当灾难降临时，那团抱得很紧的蚁球，在大量的蚂蚁层层剥离后，才有少数的蚂蚁得以生还；那片自以为是的羽毛，离开大鹏鸟的身体后才发现，原来自己什么都不是。

　　现代社会分工很细，拥有良好的协作精神显得尤为重要，如果想成大事，就要善于与人协作。

GO

戏说"脚"

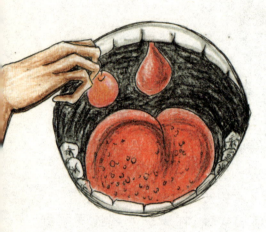

这天召开器官大会，人身上的各种器官都参加了。在会上，有几位相互争吵起来。

眼睛瞪得圆圆地说："我的作用最大了，没有我，你们什么也看不见！"

耳朵不服气地说："你算什么？要是少了我，你们啥也听不见！"

鼻子哼了一声，趾高气扬地说："要是没有我，你们能闻到花的芳香吗？"

舌头伸得长长地说："嘻！如果不是我，你们能尝到美味佳肴吗？"

他们谁也不让谁。于是，口、耳、眼、鼻联合发布宣言："我们的位置都很高，我们最尊贵。全身就数脚的位置最低了。我们要约法三章，不能与他相处太密切，如果和他称兄道弟就有失我们的身份。"

脚一直默默无语，也没有理会他们对自己的蔑视。

几天后，有人请吃饭，口非常想去，希望能一饱口福，但脚却不肯走。口没有办法，只好作罢。

又过了几天，耳想听听鸟儿动听的鸣叫，眼想看看路边美丽的风

景，可脚又不肯走，耳、眼也无可奈何。

大家便商量改变原先在会上的决议。但鼻不肯，他说："脚虽然能制服你们，可我对他并无要求，他能拿我怎么办呢？"

脚听了，便径直走到肮脏的厕所前，久久站着不动。恶臭的气味，直扑鼻孔，令人恶心。

肠和胃大声埋怨道："他们在那里闹意见，为什么叫我们遭罪？我们招谁惹谁了？"

身体在一旁发起抖来。眼睛好奇地问："你怎么啦？"

身体说："听你们这样争吵，我浑身冷飕飕的。不知你们想过没有，要是我们互不相让，各自离散，那我们还有什么存在的价值呢？"

换位思考：

　　试试看，如果有一天你的手突然不会动了，你的眼突然闭上了，而舌头也开始罢工了，你能忍受吗？

成长感悟：

　　身体的各个部位是谁也离不开谁的，它们是一个整体，只有相互配合才能达到和谐统一。

鱼竿和一篓鱼

从前,有两个饥饿的人得到了一位长者的恩赐:一根鱼竿和一篓鲜活硕大的鱼。

他们经过一番协商,当即就把长者送的这两样东西分了。其中一个人要了一篓鱼,他想:鱼竿有什么用呀！又不能吃。他暗暗为自己的选择窃喜,背地里嘲笑另一个人的愚蠢。

而另一个人则要了鱼竿,他想:鱼儿不管有多少,终究会吃完的,但是只要到了大海边,我的鱼竿便可以钓到很多很多的鱼。

于是他们各怀心思,带着各自的东西分道扬镳了。

得到鱼的人没走多久,就用干柴搭起篝火煮起了鱼汤。他狼吞虎咽,还没有来得及仔细品尝鱼肉的鲜美,就连鱼带汤吃了个精光。没过多少日子,一大篓鱼就这样被他吃完了。吃完鱼后,他没有别的办法维持生活,不久,便饿死在空空的鱼篓旁。

另一个人则提着鱼竿继续忍饥挨饿，一步一步艰难地向海边走去。他想：我一定要坚持，只要到了海边，就可以钓到鲜活的鱼儿，喝到鲜美的鱼汤了。怀着这个信念，他走了很远。可当他看到不远处那片蔚蓝色的海洋时，他最后的一点力气也耗尽了，只能眼巴巴地带着无尽的遗憾离开了人间。

又有两个饥饿的人，他们同样得到了长者恩赐的一根鱼竿和一篓鱼，但是他们并没有各奔东西，而是决定共同去找寻大海。

一路上，他们饿了就煮鱼吃，每次只煮一条鱼。经过漫长的跋涉，两人终于来到了海边。

从此，他们以捕鱼为生。几年后，他们盖起了房子，有了各自的家庭，后来还有了自己造的渔船，都过上了幸福安康的生活。

换位思考：

这是一个活生生的合作才能生存的例子。如果像前两个饥饿的人那样，只顾个人，不懂得协作，那么他得到的终将是短暂的快乐。

成长感悟：

这两种不同的选择告诉我们：不能只顾眼前的快乐，那终究只是短暂的。要从长远利益出发，这样才能得到长久的快乐。一个人的能力毕竟是有限的，大家齐心合力，共同奋斗，才能更快达到目标！

巨蟒和豹子

在一座原始森林的深处，住着一条巨蟒和一头豹子。它们比邻而居，一直以来都相安无事，虽然算不上好朋友，但相处得还算融洽。

有一天，它们都出去找食物。在一片开阔的草地上，巨蟒和豹子不期而遇。它们互相看看对方，算是打招呼，虽然不甚友好，但是绝对没有敌意，然后就各自寻找自己的目标。

小动物们都非常警觉，似乎闻到了它们的气息，纷纷逃跑了。巨蟒懒散地在草地上滑行着，豹子也沮丧地拖着长长的尾巴，它们都已经很饿了。可是，偌大的森林，却看不到半点猎物的影子。

突然，一只可爱的小羚羊从远处蹦蹦跳跳地走来了。看上去它还没有察觉到这里的危险气息，绿油油的小草让小羚羊加快了脚步。

巨蟒和豹子同时盯上了这只小羚羊。豹子看着巨蟒，巨蟒看着豹子，它们各自打着"如意算盘"。

豹子想：如果我要吃到小羚羊，必须先消灭这条巨蟒。

巨蟒想：如果我要吃到小羚羊，必须先消灭这头豹子。

于是，几乎在同时，豹子飞快地扑向了巨蟒，而巨蟒则迅速缠住了豹子。

豹子一边用力咬着巨蟒的脖颈一边想：如果不下死力咬，我就会被巨蟒缠死。

巨蟒一边用力缠着豹子的身子一边想：如果不下死力缠，我就会被豹子咬死。

于是，双方都拼命地用着力气。

最后，小羚羊吃够了嫩绿的青草，绕过巨蟒和豹子，踱着步子走了，而豹子与巨蟒却双双倒地，死了。

换位思考：

如果有着共同目标的豹子和巨蟒能相互协作，那么结局又会怎样呢？

成长感悟：

巨蟒和豹子的悲哀就在于它们把本该协作的事情转化成了你死我活的争斗。

山洞里的狼群

辽阔的大草原上,生活着一群狼。

它们是一个非常团结的群体,在头狼的带领下共同生活。它们一起玩耍,一起练习奔跑,一起捕猎。虽然一头狼不足为惧,但是它们群体的力量却是不可忽视的。

一天,一群猎人来了。他们背着让狼群不寒而栗的猎枪,目标就是狼群。此后,狼群悠闲的生活被打破了,它们不得不时刻提防猎人们的围攻。不幸的是,狼群还是被猎人们赶进了一个洞里。

在洞里,狼群暂时安全了,因为猎人们不敢贸然进洞去,只要等猎人们一离开它们就可以出去了。它们知道,猎人们在洞外肯定待不了多久,他们不能和狼耗时间。

可是,聪明的猎人们离开时,在洞口安放了一只兽夹。只要哪只狼先出洞就会被兽夹夹住。不过这样的话,其余的狼就可以安全离开了。

狼群在洞里饿了一天一夜,它们在讨论谁先出洞的问题。

老狼说:"我年岁大了,我先出洞不大合适吧!"

小狼说："我的年龄最小，怎么也轮不到我先出去呀！"

母狼说："我家里还有三只可怜的狼崽等着我喂奶呢！你们忍心饿死它们吗？"

一只跛脚的狼说："我已经负伤了，你们应该照顾我。"

只剩下那只健壮的头狼了，他说："我可以先出去……不过，如果我最后冲出去，我可以为大家报仇，去咬死猎人。"

几天后，猎人们从洞里拖出一群饿死的狼……

换位思考：

　　真正强大的狼群绝不是这样的，它们一定会为了保全大家而牺牲自己的。想想看，如果有狼愿意牺牲自己，那又是一种什么样的结局呢？

成长感悟：

　　看一个团队是否真正强大，就要看在关键时刻，团队中的成员能不能牺牲自己，挺身而出。

二十个王子和二十支箭

从前有个国王，他有二十个儿子，他们个个身怀绝技，谁也不比谁差。因此，他们都不把对方放在眼里，总觉得自己才是最有本领的那一个。

见到孩子们如此心高气傲，国王十分担心。他知道，那些躲在暗中虎视眈眈的敌人，很容易利用王子们的这个弱点来加害他们。于是，他便时常耐心地劝导二十位王子，叫他们要团结互爱。可是，王子们根本不把国王的话放在心里，依旧我行我素。

渐渐地，国王老了，他觉得自己就快要死了，便把王子们叫到跟前来，对他们说："孩子们，这里有二十支箭，你们一人拿一支，把箭放在地上。"王子们虽然不知道为什么要这样做，但还是照着做了。这时，国王又叫来了自己的弟弟，说："你随便捡一支，将它折断。"国王的弟弟弯腰拾起一支箭，稍稍用力一折，箭就断了。"现在你把所有的箭都捡起来,把它们捆在一起,再将它们折断。"国王的弟弟又照做了,可这次他费了九牛二虎之力也未能折断这捆箭。"孩子们,你们现在明白了吧。一支箭很容易折断,但将所有的箭都捆在一起,却不容易被折断。你们兄弟之间也是一样,只有大家同心协力,才能战胜一切。否则,只会一败涂地。"

二十个王子你看看我,我看看你,他们终于明白了父亲的良苦用心。想起之前自己所做的一切,王子们后悔地说:"我们知道错了,以后我们一定团结互助,请您放心吧。"

国王见王子们都真心悔过了,欣慰地点了点头。

换位思考:

虽然二十位王子都各有所长,但一个人的力量是有限的,只有懂得团结协作,才能战胜困难。小朋友们,你们理解了国王的良苦用心了吗?

成长感悟:

个人的力量是有限的,只有当我们团结一心的时候,才会产生巨大的力量和智慧。

漂浮的蚁球

　　有一天，从早上就开始下雨，一直到黄昏的时候都没有停过。很快，洪水撕开了江堤，淹没了村庄，到处一片汪洋。第二天清晨，受灾的人们站在堤上，凝望着水中的家园。

　　忽然，有人惊呼："看，那是什么？"

　　众人随着这一声惊叫向水中望去，只见一个黑点正顺着波浪漂过来，一沉一浮，像一个人！有人"嗖"地跳下水去，很快就靠近了黑点，但见他只停了一下就很快掉头往回游去。

　　"一个蚁球。"那人上岸后说。

　　"蚁球？"人们不解。

　　说话间蚁球漂过来了，越来越近。人们终于看清楚了。一个小足球般大小的蚁球！黑糊糊的蚂蚁们紧紧地抱在一起。风起波涌，蚁球在漂流中不断有小片蚂蚁被浪头冲开。

　　人们看得惊心动魄。

　　蚁球靠岸了，它一层层散开，像打开的登陆艇。蚁群迅速而秩序井然地一排排冲上堤岸，蚂蚁胜利登陆了。岸边水中仍留下了不小的一

团蚁球,那是勇敢的牺牲者们,它们再也爬不上来了,但它们的尸体仍然紧紧地抱在一起。

换位思考:

成千上万的蚂蚁们在风浪中牺牲了,却换来了更多蚂蚁的新生。读了这个故事,让你明白了什么?

成长感悟:

要生存下去,要想活得更好,就要像蚁球中的蚂蚁那样,团结协作。

布奇与蚁球

布奇今年90岁了，而且看样子，他至少还能活20年。

布奇从来不谈论自己的长寿之道。这也难怪，他平时就是个寡言少语的人嘛！

布奇虽然不爱说话，却很乐于帮助别人。这一点使他赢得了不少人的喜爱。据人们说，他母亲生他时难产死了。5岁那年，他的家乡闹水灾，大水淹没了村庄。他坐在一块木板上，父亲和几个哥哥扶着木板在水里游着。他眼看着一个个浪头卷走他身旁的几个哥哥。当他看到陆地的时候，父亲的力气也用完了。布奇是全家唯一的幸存者。他活泼的眼神从此变得呆滞了，他的眼前似乎总是弥漫着一片茫茫大水。

后来，布奇结了婚，美丽的妻子为他生了五个可爱的孩子：三个男

孩，两个女孩。布奇的眼睛又焕发出了生命的光彩。他渐渐忘记了过去的痛苦，成了世界上最幸福的人。一天，他们全家出去郊游，布奇雇了一辆汽车，可是汽车不够宽敞，他骑着自行车兴致勃勃地跟在后面。不幸的是发生了车祸，他的家人都死了，只剩下他孤苦伶仃一个人。从此，他的眼神又变得呆滞了。

此后，布奇再也没结过婚。他当过兵，出过海。他没日没夜地干活，倾尽全力帮别人的忙，也经历了数不清的大风大浪。然而每每死神逼近的时候，他都能幸运地逃过劫难。

当人们问起是什么力量支撑他度过苦难活到今天时，90岁的布奇说："当那窝蚂蚁跟5岁的我一起登上陆地时，我从它们身上获得了活下去的力量。"原来，蚁球的故事曾在他的眼前上演。

换位思考：

一窝蚂蚁抱成足球那么大的一团，漂浮在水面上，每一刻都有蚂蚁被洪水冲走。蚂蚁们这样做，仅仅出于求生的欲望吗？

成长感悟：

蚂蚁们的坚强以及对生命的渴望使它们中的大多数活了下来，布奇从蚂蚁们的坚强中获得了生命的力量，度过了苦难。

小猪与蜘蛛

一只名叫威伯的小猪和一只叫夏洛的蜘蛛成了好朋友。

小猪威伯未来的命运是成为圣诞节时的盘中大餐，这个悲凉的结果让威伯心惊胆战。它也曾尝试过逃跑，但它毕竟只是一只猪，不管怎么努力，它都不能逃出猪圈。

看似渺小的夏洛却说："威伯，别担心，让我来帮你吧。"

于是，夏洛开始日日夜夜不停地忙碌着，用它的蛛丝在猪棚中织出"好猪""查克曼的名猪"等字样。

看到这些字，人们惊呆了，那些在人类眼中被视为奇迹的"蛛网字"，让威伯的命运来了个大逆转，它获得了名猪大赛的

头奖，因此逃脱成为盘中大餐的命运。但就在这时，夏洛的生命却走到了尽头……

"你为什么要替我做这些事呢？"威伯说，"我真不配，我从来没有为你做过任何事。"

"你是我的朋友。"夏洛回答，"我替你织网，因为我喜欢你。生命的价值何在呢？我们生下来，活一阵子，然后去世。蜘蛛一生织网捕食，生活未免有点单调、无价值。通过帮助你，我的生活变得更高尚起来。我实现了生命的价值。"

"哦，"威伯说，"我不知道怎么感谢你，是你救了我，夏洛，我也情愿为你牺牲性命——真的情愿！"

"我相信你，也感谢你带给我的友谊……"话还没有说完，夏洛就没有了声音。

换位思考：

　　蜘蛛很渺小，但它为救朋友牺牲了自己。如果没有夏洛，威伯的命运将是怎样的呢？你能像蜘蛛一样，为朋友们做些事情吗？

成长感悟：

　　这是一个弱者之间相互扶持的故事，除了爱、友谊之外，这篇极抒情的寓言里，还有一份对生命本身的赞美与眷恋。

为狼引路的鸦

在广袤的大草原上，鸦是食肉类动物中的弱势群体。

它们既比不上鹰、隼，更无法同凶猛的虎、狼相提并论。它们无法自己捕食比它们个头更大的食草类动物，它们的食物来源只能是一些荒原上腐烂的动物尸体，其他的食肉类动物吃剩下的残骸也是它们的美餐。即使这样，它们还要为生存付出艰辛的劳动。

它们经常紧跟在羊群后面，羊群对空中这些飞来飞去的小东西丝毫没有戒备之心，偶尔还停下来抬头望望它们，似乎非常欣赏这些鸦在空中飞翔的姿势。

鸦衔走羊儿刚刚拉出的粪便，再飞到空中，四处寻找狼的行踪。一旦发现了狼后，它们便把衔着的羊粪"空投"下去。狼闻到了新鲜的羊粪味儿后，便跟着羊粪走，鸦就在前面一路投下羊粪指引狼。不久，狼就发现了羊群，开始捕猎。

　　可怜的羊儿，它们至死都不知道自己其实间接死于鸦之手。鸦等狼美美地饱餐一顿之后，就开始享用狼吃剩下的碎肉与骨屑。

　　聪明的鸦就这样利用羊粪为狼引路，帮助狼找到羊群，使狼捕到猎物，自己也吃到了羊肉。

换位思考：

　　这次合作中，狼虽是最大受益者，但鸦也得到了自己应得的那份。

成长感悟：

　　这就是分工和合作。保持良好的协作精神是保证双赢的前提。

没磨斧子

有一个叫杰克的小伙子,家里很穷,好不容易才在一个伐木厂找到了一份工作。他很珍惜,决心认真做好这份工作,好好表现。

上班第一天,老板给了杰克一把斧子,让他到人工种植林里去砍树,杰克卖力地干了起来。一天时间,杰克不停地挥舞着斧子,一共砍倒了19棵大树。老板满意极了,夸他干得不错。杰克听了很兴奋,决定要更加卖力地工作,以感谢老板对他的赏识。

第二天,杰克拼命工作,他的腿站得又酸又疼,胳膊更是累得抬不起来了。他觉得自己比第一天还要累,用的力还要大,可第二天却只砍倒了16棵树。

杰克想也许我

还不够卖力，如果我砍倒的树一天比一天少，老板一定会以为我在偷懒，所以我要更加卖力才行。

第三天，杰克投入了双倍的热情去工作，直到把自己累得再也动不了为止。可是，让他失望的是，他只砍倒了12棵树。

杰克是个很诚实的人，他觉得太惭愧了，拿着老板给的高薪，工作却越来越差劲。他主动去向老板道歉，说明了自己的工作情况，并检讨说自己真是太没用了，越卖力，砍倒的树却越少。

老板也很奇怪，问："你吃饱饭了吗？"杰克回答吃得很多。

老板又问："你在家休息得好吗？"

杰克说："别提了，一天下来，累死了，躺在床上睡得很香。"

老板笑着说："我知道原因了，你多久磨一次斧子？"

杰克一听愣住了，他说："我把所有的时间都花在砍树上了，哪里有时间去磨斧子啊！"

换位思考：

杰克认为只要狠命地干，就能砍倒更多的树，而忽略了磨斧子这个细节。一把不锋利的斧子，浪费了杰克多少力气呀！你犯过杰克这样的错误吗？

成长感悟：

俗话说得好："磨刀不误砍柴工。"做事情时，一定不能忽略任何一个环节，只有把每一个环节都处理得当，才可把事情做得又快又好。

智猪博弈

　　猪圈里有两头猪,一头大猪,一头小猪。猪圈的一边有个踏板,每踩一下踏板,在远离踏板的猪圈的另一边的投食口就会落下少量的食物。如果有一只猪去踩踏板,另一只猪就有机会抢先吃到另一边落下的食物。当小猪踩动踏板时,大猪会在小猪跑到食槽之前吃光所有的食物;若是大猪踩动了踏板,则有机会在小猪吃完落下的食物之前跑到食槽,争吃到另一半食物。在这种情况下,两只猪各会采取什么策略呢?

　　那只小猪想,即使踩踏板也将一无所获,不踩踏板反而能吃上食物。对小猪而言,无论大猪是否踩动踏板,不踩踏板总是好

的选择。于是它选择了"搭便车"策略，舒舒服服地等在食槽边。

而那只大猪，因为它知道小猪是不会去踩动踏板的，要是自己也不去踩的话就没得吃，所以只好亲力亲为了。于是大猪为一半食物不知疲倦地奔忙于踏板和食槽之间。

有一天，主人减少了投食量，食物仅有原来的一半分量。结果小猪和大猪都不去踩踏板了。因为小猪去踩，大猪会把食物吃完；而大猪去踩，小猪也会把食物吃完。谁去踩踏板，就意味着为对方贡献食物，所以谁也不愿意去踩踏板。

两只猪整日忍受饥饿，一天天消瘦下去。

换位思考：

想一想，如果大猪和小猪都愿意为对方踩一踩踏板，那么它俩还会挨饿吗？

成长感悟：

在团体中，如果不懂得分工协作，那么只能让集体的利益受损，而自己也会一无所获。

新龟兔赛跑

从前,有一只乌龟和一只兔子在争辩谁跑得快。它们决定来一场比赛一分高下,选定了路线,就此起跑。

兔子带头冲出,不多久,它就遥遥领先了,心想:乌龟那么慢,我完全可以在树下歇一会儿再继续比赛。

兔子很快就在树下睡着了,一路笨手笨脚走来的乌龟很快超越了它,夺得了冠军。等兔子一觉醒来,才知道自己输了。

兔子输了比赛备感失望。它很清楚,这都是因它太轻敌、太散漫,不然乌龟是不可能打败它的。因此,兔子邀乌龟再来一场比赛,乌龟也同意了。这次,兔子全力以赴,一口气跑到终点,还领先乌龟好几千米。

这下轮到乌龟检讨了,它很清楚,照目前的比赛方法,它不可能击败兔子。它想了一会儿,邀兔子再比一场,但是必须在另一条不同的路线上。兔子也同意了。它俩同时出发。兔子飞驰而出,极速奔跑,直到碰到一条宽阔的河流。而比赛的终点就在几十米外的河对面。兔子呆坐在那里,一时不知怎么办。这时候,乌龟一路蹒跚而来,下到河里轻盈地游到对岸,完成了比赛。

经过这几次较量,兔子和乌龟成了惺惺相惜的好朋友。它们一起检讨,两人都很清楚,上一次的比赛,它们都可以表现得更好。所以，它们决定再赛一场，但这次是两人合作。它们一起出发，先由兔子背着乌龟跑。到河边了，乌龟接着背起兔子过河。到了河对岸，兔子再次背着乌龟跑，最后兔子和乌龟一起抵达终点，观众都欢呼起来了。比起前几次，它们都感受到了更大的成功。

换位思考：

    个人的力量太小，只有团结协作才能获得更大的成功。你有这种协作精神吗？

成长感悟：

    只有同心协力，互相合作，才能取得更好的成绩，团队的力量是巨大的！

奴隶与狮子

从前，罗马有一个叫安德鲁的奴隶，因不堪忍受主人的虐待，一天干活的时候他悄悄逃走了。

安德鲁逃进了一片原始森林里，他发现了一个山洞，爬进去没多久他就睡着了。

突然，一只狮子来到了洞里，安德鲁被吵醒了。狮子肯定会吃掉他的，安德鲁恐惧得闭上了眼睛。但狮子却没有走近他，他发现，狮子的腿好像受伤了。

安德鲁看狮子没有攻击他的意思，于是壮起胆子轻轻地去摸狮子受伤的那只腿。奇怪，狮子居然自己抬起了腿。

安德鲁把狮子的爪子抬了起来，发现一根长长的尖刺刺在里面——它伤得不轻。狮子静静地站着，温顺地用头蹭着安德鲁的肩膀。安德鲁小心地把刺拔了出来，狮子高兴极了，它跳起来亲昵地舔着他的手和脚。

从此以后，安德鲁和狮子相依为命。晚上，他们背靠背睡在一起。

白天，他和狮子一起出去散步。饿了，狮子就给安德鲁带回食物。

不幸的是，有一天一队士兵经过这片森林，发现了躲在洞里的安德鲁，把他抓回罗马去了。他们要把安德鲁和一只饥饿的狮子关在一起，要他和凶猛的狮子决斗。

成千上万的人来看决斗。门开了，狮子冲了进来，它一个跨步就跳到了可怜的安德鲁面前。他大叫一声，但并不是因为害怕。原来那只狮子正是山洞里安德鲁救过的老朋友。

等着看狮子吃人好戏的人们充满了好奇，他们看到安德鲁和狮子像久违的朋友重逢一样，深情地抱在一起。

连凶残的饿狮都不吃的人，一定是上帝派来的，观众们这样想着。于是大家都喊道："放了他，给他自由！"

就这样，安德鲁获得了自由，和狮子快乐地生活在一起。

换位思考：

在最困难的时候，安德鲁与狮子相互合作，共渡难关。也正是这种由合作培养起来的感情，最终为安德鲁和狮子赢得了自由。

成长感悟：

一个肯救人于危难的人，往往都会得到应有的报答。而一个愿意同他人协作的人，也会结交更多值得信赖的朋友。

自负的羽毛

一只矫健漂亮的大鹏鸟身上，有一根非常绚丽耀眼的羽毛，这根羽毛生长在大鹏鸟的翅膀上。在众多羽毛中，这根羽毛显得特别与众不同，它每时每刻都闪闪发亮，光彩夺目，令别的羽毛羡慕不已。它自己也引以为傲，常常得意忘形地摆出一副不可一世的样子。

有一天，亮丽的羽毛得意洋洋地对其他羽毛说："大鹏鸟展翅飞翔时看起来如此伟岸，还不都是因为有我？"其他羽毛听罢也都随声附和。

又过了一段日子，那根漂亮的羽毛更加自以为是地对其他同伴说："我的贡献最大了，没有我的话，大鹏鸟哪里能够一飞冲天呢！"其余的羽毛们还是对它的话表示认可，生怕不小心得罪了它。

漂亮的羽毛整天沉浸在自傲自负的泥沼里，无法自拔。终于有一

天,它兴高采烈地对大家宣布:"我觉得大鹏鸟已经成为我人生沉重的负担。要不是大鹏鸟硕大的躯体束缚着我,我一定可以自由自在、无拘无束地飞翔,而且会飞得更远更高,所以我决定要离开这个负担。"说完,它就使出浑身力气,拼命地脱离大鹏鸟。最后,它终于如愿以偿地从大鹏鸟的翅膀上掉落下来。

可是它在空中没飘多久,就无声无息地落在泥泞的土地上,从此再也无法飞上天空了。它那曾经绚丽无比的色彩,也慢慢地失去光彩!

换位思考:

　　一个脱离团队的人,是无法有大作为的!

成长感悟:

　　有些人固然拥有才华,然而,如果他因此就目中无人,狂妄到将所有的功劳都往自己身上揽的话,那么他终将失败。

互动思考

1. 想想自己身上的器官，你能选出一样你认为是最重要的来吗？

2. 面对鱼竿和鱼，你会怎么选择呢？

3. 山洞里的狼群为何没有突围出去呢？

4. 二十个兄弟是如何重新团结在一起的呢？

5. 像小猪威伯和蜘蛛夏洛之间的真挚友谊，你也拥有吗？

6. 鸦在狼的捕食行动中扮演了什么角色呢？

7. 漂亮的羽毛曾经那么绚丽无比，是什么让它没有了夺目的光彩了呢？

第二辑：爱的绝唱

　　只强调竞争而忽视协作，很容易将这两者对立起来。这样会助长狭隘的心胸、妒忌和仇视他人的心理，而得不到别人的帮助。无论干什么事，都要顾全大局，要有"将我的翅膀送给你飞翔"的博大情怀。

卖棉布和卖烧饼的人

从前,有两个小商贩,他们一个人卖棉布,一个人卖烧饼,日子都过得比较清苦,为了生计他们常年四处奔波。

有一天中午,本来晴朗的天空突然乌云密布,不一会儿就电闪雷鸣,下起了罕见的暴雨。早上出门的时候两人都没有带雨具,眼看都要变成"落汤鸡"了。这时,两人刚好经过一个山洞,放眼看看四处,方圆几百里看不到一户人家,也没有可供歇脚的寺庙和客栈之类的地方。他们只好都躲进了山洞里,暂时躲避一下暴风雨。

天色慢慢地暗下来,可暴风雨却丝毫没有要停的样子。这里地处荒野,前不着村后不着店的,两人很无奈,心想看来今晚只有在洞中度过了。下雨的夜晚特别寒冷,两人都又冷又饿,可是他们互不理睬,都不搭话。卖棉布的只管自己裹着棉布睡觉,卖烧饼的只管自己嚼烧饼。

时间慢慢过去了,卖烧饼的人冷极了,卖棉布的人饿得肚子咕咕

叫,但他们谁都不肯向对方伸出援助的手。卖烧饼的人想:饿了吧?我才不会给你烧饼。卖棉布的人想:很冷吧? 哼,你要先求我,我才会帮助你。

　　雨渐渐停了,天也亮了,卖棉布的人饿晕了,卖烧饼的人也冻僵了。

换位思考:

　　上幼儿园的时候,老师就教我们念:"排排坐,吃果果,你一个,我一个,没来的留一个。"卖棉布和卖烧饼的人要是明白这个道理,他们还会挨饿、受冻吗?

成长感悟:

　　"独行侠"只在小说和电视里出现。现实中,不管你本领多大,如果不懂得合作,最终将被这个社会淘汰出局。

阿东的"七分裤"

　　阿东明天就要参加小学毕业典礼了，他想：怎么也得精神点，把这一美好时光留在记忆之中。于是，他高高兴兴地上街买了条裤子，可惜裤子长了两寸。吃晚饭的时候，趁奶奶、妈妈和嫂子都在场，阿东把裤子长两寸的事说了一下，大家都没有反应。饭后大家都去忙自己的事情了，裤子的事情就没有再被提起。

　　妈妈睡得比较晚，临睡前她想起

儿子明天要穿的裤子还长两寸，于是就悄悄地把裤子改好又叠放回了原处。

半夜里，狂风大作，窗户"哐"的一声关上，把嫂子惊醒了，嫂子猛然想起吃晚饭的时候阿东说他的裤子长两寸。于是她披衣起床，生怕将家人吵醒了，悄悄地将裤子处理好才又上床睡觉。

老奶奶觉少，每天一大早就起床了，忙着给上学的小孙子做早饭。趁水未开的时候她也想起了孙子的裤子长两寸，马上快刀斩乱麻，把裤子剪短了两寸。

就这样，妈妈剪两寸，嫂子剪两寸，奶奶又剪了两寸。最后阿东只好穿着短了六寸的"七分裤"去参加毕业典礼了。

换位思考：

　　阿东多幸福呀，有这么多疼爱他的人，可是在家人的"关心"下，阿东只能穿着"七分裤"去参加毕业典礼了，为什么事情会这样呢？

成长感悟：

　　团队协作需要默契，而默契是靠长期的积累形成的。阿东的家人们就是因为没有事先沟通好，所以才造成了"七分裤"的后果。

瞎子和瘫子

  有一群非常穷困的病人住在一所破烂不堪的房子里,他们之中有一个瘫子,还有一个瞎子。

  一天,瞎子抽烟的时候不小心把燃烧着的火柴梗扔在了棉被上,因为天气干燥,棉被很快就燃起来了。因为瞎子没有及时扑灭火苗,霎时间,整个房子都烧起来了。人们尖叫着,惊慌失措。能动的连滚带爬都出去了,屋里只剩下瘫子和瞎子。

　　瞎子能跑却看不见路,不知道该往哪里逃。瘫子虽然看得清楚,却不能动弹。眼看着火势越来越猛了,情况十分危急,该怎么办呢?

　　这时候,瞎子急中生智,他背起瘫子说:"你做我的眼,我做你的脚。"于是,一个指挥,一个急速狂奔,终于逃出了火海。

換位思考:

　　每个人都有自己的短板,或像那个瞎子,或像那个瘫子。如果瞎子和瘫子不合作,那么他们的命运又会怎样呢?

成长感悟:

　　只有相互帮助才能走得更远。不懂合作是非常危险的,甚至可以说是致命的。

捕狼记

　　一群猎人相约去捕狼，他们每人背着一支双筒枪，驾着一辆三套马车，奔驰在原野上。

　　三套马车是由三匹马拉着的车辆。这一名称的来源，不是由于车的外形，而是由于把三匹马套在车上的缘故。

　　中间的一匹马总是小步快跑，右面和左面的两匹马总是奔驰前进。

　　当三匹马拉着车奔跑时，这辆车波动得宛如一叶置身于惊涛骇浪中的小舟。

　　猎人用绳子把一头年轻力壮的公羊系在车尾。起程时，猎人们把羊放在车上带着走，它是舒舒服服的。到了森林的入口处，猎人们开始

打猎了,他们便把这只羊从车上放到地上,系在车尾。驾车的人挥动缰绳,三匹马开始奔跑。

羊跟在车后奔跑感到不大习惯,一路"咩咩"地叫着。

不久,羊儿的叫声引出了第一只狼,它追逐着那只羊。接着第二只、第三只……群狼逐羊的残酷景象在森林里上演。猎人们随意开枪,甚至不需要瞄准都可以猎杀到狼。这时候,驾车人尤为关键,如果他没有高超的驾车技术,没有超乎常人的胆量,慌乱中让三套马车撞上障碍物,或者翻车了,那么明天,在森林里出现的,就将是车子的残片碎块、马的骸骨以及猎人们的残肢断臂了。然而,猎人之间的完美协作,使他们在这次捕狼行动中大获全胜。

换位思考:

在这次狩猎中,每一位成员都尽到了自己的职责,各展所长,表现出色。

成长感悟:

俗话说:"兄弟齐心,其利断金。"一个人的力量是有限的,只有互相协作才能取得成功。

菲利普的报复计划

菲利普很不满意自己的工作,他愤愤不平地对朋友说:"老板从来不把我放在眼里,好像没有我这个人一样。明天我一定要当着他的面把文件扔到地上去,然后辞职再找一份工作。"

他的朋友反问他:"你现在对这个公司的业务种类都熟悉了吗?对客户的情况都清楚了吗?"

"那倒还没有!"菲利普回答道。

"人应该有远见。你现在离开的话,你的老板也不在乎。你不如好好地把公司所有的业务种类、客户情况都搞清楚,然后把办公室要干

的日常工作都学会,最后再辞职不干。"朋友向菲利普提出建议,"你就把这个公司当成是一个免费学习的地方,等你什么都熟悉了,再一走了之,那不是更出气吗?"

菲利普听了觉得有道理。他回到公司之后像变了一个人似的。为了尽快离开,他拼命地工作,还利用每一个闲暇的时间学习业务知识,在复印材料的路上菲利普都会一边走一边研究文件的写作方法。

一段时间以后,他那个朋友遇到了他,问道:"你现在可以实施你的报复计划了吧?"

菲利普回答说:"可我发现最近以来我的老板越来越重视我了,现在我已成为公司的红人了!"

他的朋友笑道:"我早就料到会是这样的!原来你天天为老板不重视你而生气,业务不精,也不肯努力学习。现在你下苦功提高业务水平,自然会吸引老板的注意了。"

换位思考:

一条小心眼的鱼撞在桥墩上昏了过去,醒来后看着撞疼自己的那个桥,心中充满了怨恨,恨桥墩太密,恨水流太急,以至于在同伴面前丢了面子。于是它满腹怨气地徘徊在桥墩周围,久久不肯离开,可是又不知道如何才能出了这口气。鱼儿和菲利普是不是有相似之处呢?

成长感悟:

想要得到重视,首先要融入团队。不要成天抱怨不被重视,而应该努力提高自身实力,用实际行动证明自身的价值。

你一定要坚持、坚持

2008年5月12日下午两点多钟,四川汶川经历了一场罕见的里氏8.0级大地震。震区很多校舍倒塌了,没能及时跑出去的师生被埋在废墟中。

那天,崇州市漩口中学的教室里,正在上课的同学们被突如其来的灾难吓呆了,瞬间,教学楼就倒塌了。一块水泥板在摇晃中砸下来,压在该班年龄最小的女生向孝廉身上。"我心想完了,然后就什么都不知道了。"这位13岁的小姑娘获救后心有余悸地对记者说。

醒来后,她从缝隙里看到外面有亮光,接着再次昏迷。不知过了多久,一个声音唤醒了她,她仔细听了听,那是同班同学马健的声音。"我哭着对他说:'马健你别走,等我死了你再走吧。'马健说:'我不会走的,你是班上年纪最小的,也是生命力最旺盛的,这点困难难不倒你,你一定要支撑下去'。"

马健一边喊着"坚持,坚持,你一

定要坚持"，一边疯了似的用双手刨着水泥碎块。大约 4 个小时后，向孝廉终于被刨了出来，而马健的双手已经血肉模糊。忘记了疼痛的马健背起向孝廉就向外走去。刚走几步，扒出向孝廉的地方的墙壁突然倒塌了。好险！

"如果晚几分钟，我们两个就都出不来了。记者叔叔，你们一定得帮我给马健颁一个见义勇为奖。"向孝廉说。

换位思考：

"坚持，坚持，你一定要坚持！"马健在向孝廉生死关头喊出来的话，是不是也能鼓舞处于困境中的你呢？

成长感悟：

友谊是伟大的，互助的力量更是强大的。

一起活下去

汶川县是"5·12"大地震的震中,大地震袭来之时,两个共有55名游客的旅游团队正在距汶川50多千米的地方游览。

游客们正有说有笑地欣赏沿路的风景,突然降临的灾难让他们顿时手足无措。"快往公路边的平坝跑,快往公路边的平坝跑……"导游刘晓容和余九冬声嘶力竭地喊着。庞大的队伍在两名不足1.6米的小女子的指挥下,迅速集中到了公路边的平坝上。

山石不断滑落,岷江对面的山轰隆隆地垮了下来,烟尘、沙石扑面而来。眼前的世界霎时变成了灰色,10米外的物体已不可见!前路坍塌,后路阻断,四周是震天巨响,"往哪里跑"成为大家争议的焦点。

"快、快撤,不要留在这里。""留在原地,会有人来救我们吧?""怎么办?怎么办?……"所有的电话都已经打不出去了,众人心里深感无助。

入夜,几十个人相互扶持着挤在山顶上的一小块平地上,余九冬、刘晓容则和驾驶员留在山下守望。山下的人时刻警惕着，山上的人也时刻牵挂着为他们"站岗放哨"的两个小姑娘。

天刚蒙蒙亮，大家决定徒步寻求救援。在倾盆大雨和余震中，这支特殊的队伍互相扶持、互相鼓励，绕过一段又一段断裂的公路，狂奔过摇摇欲坠的隧道。突然，岷江水被强余震激荡而起，两米多高的大浪让大家从"泥人"变成了"水人"。男人们找来一块塑料胶袋，拆开摊平顶在头上，大家围成一圈，把女人和小孩圈在里面。一路走走停停，5个多小时后这支队伍终于见到了救援者。

"一起活下去是唯一的信念，我们从彼此的依赖、信任、扶持中获取动力。"事后，余九冬对记者说。

换位思考：

　　面对巨大灾难，人与人之间的相互扶持显得尤为重要。你有没有为灾区人民献上一份爱心呢？

成长感悟：

　　如果人人都为团队献出一份力量，那么这种凝聚力会战胜一切困难。

落入坑洞的猎人

有一群猎人结伴到山上去打猎，山路很难走，虽然有多年走山路的经验，猎人们仍然小心地前进着。

可是，由于刚刚下过雨，路面非常滑，有一个猎人脚下一滑，不小心掉进了路旁一个很深的坑洞里。

他的右手和双脚都摔断了，只剩一只左手没有受伤。坑洞非常深，洞壁又很陡峭，上面的人束手无策，只能叫喊。

幸好，坑洞的四壁上长了一些草。那个猎人就用左手撑住洞壁，用嘴巴咬紧草，慢慢地往上攀爬。

开始，地面上的人就着微光，看不清洞里，只能大声喊他的名字。

慢慢地他爬到了洞中央，光线亮一点了。等到猎人们看清他身处险境，只能用嘴巴咬着小草攀爬的时候，不禁议论了起来。

"哎呀，像他这样一定爬不上来。"

"情况真糟，他的手脚都断了。"

"对呀，那些小草根本不可能撑住他的身体。"

"他如果摔死了，他的母亲和妻子怎么办？"

落入坑洞的猎人实在忍无可忍了，他张开嘴大叫："你们都给我闭嘴！"

就在他张口的瞬间，他再度摔了下去。当他摔到洞底，即将死去之前，他听到洞口的人们异口同声地说："我就说嘛，用嘴咬草往上爬，是绝对不可能成功的。"

如果洞口的人们能团结起来，分工协作，一起把掉进洞里的人拉出来，那么那个可怜的猎人就不会死去。

换位思考：

如果那个猎人不在意别人的议论，一直往上爬，那结局会是怎样的呢？如果你是那个猎人的同伴，你又会怎么做呢？

成长感悟：

在别人陷入困境时，我们应该团结起来，分工合作，帮助陷入困境的人脱离困境。那样，世界才会更美好。

爱的绝唱

那年国庆节长假,各地风景区游人如织,一对年轻的夫妇也带着2岁的儿子出去度假。

中午,他们抱着儿子挤进了上山的缆车。由于游人太多,每次只能乘坐10人的缆车竟挤进了35人。缆车的门关上了,开始缓缓地攀高。

缆车终于上到100多米的山顶,就在人们将要开门下车时,缆车却突然回滑。随着缆车下滑速度的加快,有游客开始大声呼救,可缆车正在七八十米的高空,所有的呼喊都显得苍白无力。

这对年轻的夫妇也像大家一样惊慌失措。当人们意识到求助是徒劳时反倒镇静下来了。大家看着他们怀里幼小的孩子,突然自发地围成了一圈,摇摇晃晃中,孩子一下成了众人的中心。缆车继续回滑着,突然间"啪"的一声巨响,缆车下滑速度骤然加快,"咔嗒、咔嗒"声一声大过一声,一声紧过一声。

人们或许已经知道,生还对于他们似乎已不太可能了,人群中突然响起一个洪亮的声音:"把孩子举起来!"夫妻俩似乎还想说些什么,但还没来得及说出,"轰"的一声,缆车重重地坠落下去……

电光石火的刹那,夫妇俩本能地用双手举起了他们的儿子!

这场重大事故导致14名游客遇难,其中包括那对年轻的夫妇,但是他们的儿子幸存了下来。

换位思考:

日常生活中,你感受到爸爸妈妈对你的爱了吗?

成长感悟:

生死关头,父母想到的不是自己,他们用双手托起了儿子生的希望。

爱让死神望而却步

2008年5月12日下午两点多钟,四川汶川经历了一场罕见的里氏8.0级大地震,震区无数房屋倒塌,成千上万的受灾群众家园被毁。灾难过后,全国各地的同胞们纷纷团结起来,用不同的方式向灾区人民伸出了援助的双手。

在灾区,救援的和等待救援的人们一起谱写了一曲曲团结奋斗的乐章。

什邡县蓥华中学的十几个孩子被埋在废墟下,救援人员告诉他们要少说话保存体力时,他们相互提醒着:"不要睡着了。"

顽强的生命与死神展开殊死的较量,终于孩子们得救了。劫后余生的孩子们没有像大人们预想的那样号啕大哭。第一个从死神手里挣脱出来的小男孩蒋蒙,在救他出来的武警怀里反复念叨:"叔叔,快去救他们,下面还有人⋯⋯"

都江堰市聚源中学受灾很

严重，当人们在抢救现场发现高银时，她的头部上方是两块交错叠压的水泥板，她的双下肢骨折，右腿被卡在倒塌的课桌和坐椅间，严重变形。当武警战士抓住高银手臂的那一刻，小姑娘本已瘫软的身体猛地向上一耸——那是求生的本能！她在拼尽全力配合营救她的人！

6个多小时的救援，高银一直默默地配合着大人们。"这个女孩被抬过来的时候，尽管伤情很重，但她的求生意志很顽强。"聚源镇卫生院院长汪能说。在医护人员的精心照料下，高银很快就恢复了健康。

换位思考：

设想一下，如果你被埋在废墟中，你也能像蒋蒙和高银一样勇敢吗？

成长感悟：

只要大家众志成城、齐心协力就可以创造生命的奇迹！

把我的翅膀送给你飞翔

地震后,当汶川县映秀镇的群众徒手搬开垮塌的镇小学教学楼的一角时,被眼前的一幕惊呆了:一名男子跪在废墟上,双臂紧紧搂着两个孩子,像一只展翅欲飞的雄鹰。两个孩子还活着,而男子却早已停止了呼吸,但他的双臂仍紧紧抱住孩子。

这名男子是该校29岁的老师张米亚。"摘下我的翅膀,送给你飞翔。"多才多艺、最爱唱歌的张米亚老师用生命诠释了这句歌词,用血肉之躯为他的学生牢牢把守住了生命之门。

汶川县映秀镇幼儿园的聂晓燕老师始终守护在垮塌的教学楼旁边,直到她遇难的孩子被挖出,聂晓燕的眼泪终于如山洪暴发:"孩子……妈妈……来不及啊……"周围的人都沉默了,此刻他们虽然也想安慰她,却不知道该用什么样的方式来表达。

地震时，孩子们正在睡午觉，聂晓燕一手一个抱出了几个孩子，而她自己的孩子却陷入了险境！

救援人员扒出了德阳市东汽中学教导主任谭千秋的遗体。只见他双臂张开趴在一张课桌上，死死地护着桌下的4个孩子。孩子们得以生还，他们的谭老师却永远地离开了他们……

在灾区，这种感人的故事太多了，数不胜数！

换位思考：

说一说老师做过的让你最感动的事。

成长感悟：

地震是天灾，但是灾难过后，那一个个互救的动人故事，像擂鼓般敲击着我们的心房；正因为有了众人无私的协助，才挽救了许许多多鲜活的生命。

凯米特的婚姻危机

凯米特和妻子一直过得很幸福,他们结婚已经20多年了。他们都学会了在生活中相互包容,在工作中互相支持,当有矛盾的时候彼此都做一些必要的让步。

从事写作的凯米特一直知名度不高。但对他来说,这已经足够了。如果想成为"畅销作家",他就得在各种仪式上抛头露面。对于这些活动,他总是一概谢绝,朋友们都说他过分谦虚。

对凯米特来说,回家的第一件事是拥抱一下妻子,亲亲她的前额,然后一成不变地说:"亲爱的,我希望我不在家时你没有过于烦闷,是吧?"

得到的总是差不多的回答:"没有,家里有这么多事情要做呢。但看到你回来,我还是很高兴的……"

凯米特太太每天都在打字机上打印丈夫定期在《里昂晚报》上发表的短篇小说,然后用稿纸誊清,封

装好，寄出去。这些事虽然微不足道，但想到能为丈夫分担工作她觉得很满足。

可是，凯米特太太万万没有想到，一个刚刚离婚的女人最近居然把自己的丈夫弄得昏头昏脑。她叫奥尔嘉，人长得非常漂亮，没过多久，她就把凯米特降服了。有一天，这个女人要求跟凯米特结婚。

如果这样，凯米特就必须先和妻子离婚。"噢，这件事应该容易办到。结婚已经整整23年，大概妻子已经不再爱我了，分开可能不会痛苦。"凯米特这样猜测，可是他是一个性格腼腆的丈夫，该怎样向妻子摊牌呢？凯米特开始为这件事情动脑筋。

换位思考：

23年中，夫妻俩在生活和工作上都配合得非常默契。眼看凯米特和妻子多年平淡而幸福的婚姻生活就要破碎，多年的和谐也将毁于一旦，一直协助他的妻子该怎么想呢？

成长感悟：

在现实生活中，维持团结协作的局面需要大家一起努力。

篡改的故事结局

凯米特想出了一个新鲜的法子,委婉地向妻子提出离婚。

他以自己和太太为人物原型精心设计了一个故事。为了能被妻子领悟,他还有意引用了他们夫妇间以往生活中若干配合非常默契的细节。在故事结尾,他让故事中那对夫妻离了婚,并特意写到妻子对丈夫已经没有了爱情,一滴眼泪也没有流就离开了,然后隐居在南方的森林小屋,自己养活自己,悠然自得地消磨幸福的时光……

他把这份手稿交给妻子打印时,心里不免有些不安。晚上回到家里时,心里嘀咕妻子不知会怎样对待他。"亲爱的,我希望我不在家时你没有过于烦闷,是吧?"他话里带着几分犹豫。

她却像平常一样安详:"没有,家里有这么多事情要做呢。但看到你回来,我还是很高兴的……"

难道她没有看懂?凯米特猜测,兴许她把打印的事安排到了明天。然而,一询问,故事已经打印好,并经仔细校对后寄往《里昂晚报》编辑部了。

她为什么不吭声?她的沉默不可理解!虽然她是个性格内向的

人，可是她该看得懂的……

故事在报上发表后，凯米特才明白。原来，妻子把故事的结局改了：既然丈夫提出了离婚要求，妻子只好同意了。可是，那位在结婚23年之后依然保持着自己纯真爱情的妻子，却在前往南方的森林小屋途中抑郁而死了。

这就是回答！

凯米特震惊了，他后悔不已。当天他就和那个引诱他的女人一刀两断。但是，如同妻子不向他说明曾经同他进行过一次未经商量的合作一样，他也没有向她承认自己看过她改的新结局。

"亲爱的，我希望我不在家时你没有过于烦闷，是吧？"凯米特回到家里时仍然这样问，不过比往常更加温柔。

"没有，家里有这么多事情要做呢。但看到你回来，我还是很高兴的。"妻子一面回答，一面向他伸出手臂。

换位思考：

　　面对即将破裂的家庭，妻子无疑是冷静而聪明的，她不动声色地篡改了丈夫精心设计的故事结局，同时也因此而改变了自己的婚姻结局。

成长感悟：

　　当你面对危机时，需要你用一颗宽容的心去对待。在宽容的同时，还需要你的沉着与智慧。

给自己留条退路

许多年以前，在利比亚沙漠的两端，有两个小镇。从一个小镇去另一个小镇，如果绕开沙漠，需要走二十多天，而如果横穿沙漠的话，只需三天便能到达。可是，横穿沙漠是一件十分危险的事，搞不好就会迷路，所以没人愿意这样做。这给两地的交流带来了很大的不便。

后来，利比亚的国王决定，在两个小镇之间种上胡杨树，每隔500米种一棵，这样，人们沿着胡杨树走，就可以从一个小镇走到另一个小镇。但很可惜，由于干旱缺水，胡杨树栽上不久，就被炎炎烈日烤枯了。

国王很无奈，命人做了两个同样的告示，分别插在沙漠入口处的那两棵胡杨树前，上面写着："为了别人，更为了自己，请将要被流沙淹没的小树拔一拔。"

于是，小镇两边的居民都按照国王的要求去做，用被烤干的小树当路标，走了好多年。

一个外地来的商人从一个小镇赚足了钱，想到沙漠另一边的小镇上去做生意。

商人看了看那块告示，不屑一顾地笑了笑，就背着货物上路了。

商人在沙漠上走了一天一夜，半路上碰到好多只露出来一点的小树，可他懒得把货物放下，去把小树从沙漠中拔起来，而且他觉得这样做对自己意义不大，反正自己就走这一次，管那么多干吗？

商人走了一半路程的时候，突然狂风大作，飞沙漫天，他急忙趴在货物上，等待狂风平息。

等风慢慢停下来后，商人努力站起身，抖了抖覆盖在自己身上的沙子，放眼望去，一下子慌了神。许多小树都被流沙淹没了，他顾不上那些货物，在沙漠中像无头苍蝇似的乱走，可一直也没有找到小树做成的路标。

在奄奄一息的那一刻，商人十分懊悔，如果当初按告示的要求去做，即使自己不能走到另一个小镇，至少，他还可以回到原来的小镇上去呀！

换位思考：

你也许会说，是商人倒霉，如果不遇到这突变的天气，他会顺利到达另一个小镇的。可是，如果所有人都这么想，都忽略国王的规定，小镇两边的村民们，还能靠小树当路标，来往那么多年吗？

成长感悟：

与人方便就是给自己方便！

1. 两个商人分别有棉布和烧饼,却为何一个忍饿,一个挨冻呢?

2. 妈妈、嫂子和奶奶,为什么不商量就各自给阿东把裤子剪了两寸呢?

3. 如果瞎子和瘫子不互相配合、互相帮助,他们能逃离火海吗?

4. 群狼逐羊的残酷景象在森林里上演的时候,要想不被狼吃掉,最重要的环节是什么呢?

5. 菲利普的报复计划成功了吗? 这个报复计划的最终受益者是谁呢?

6. 当灾难降临的时候,是什么让灾难中的人一起活下去了呢?

7. 落入坑洞中的猎人为什么在快要爬上坑洞的时候摔死了呢?

　　与人合作需要相互尊敬和理解，需要真正的宽容，需要容忍与自己意见相左的人，还要做到有错认错。具有了合作的意识和能力，才能更好地发展，为我们适应社会、立足于社会作一个更好的铺垫。

⟶ GO

天堂和地狱

在欧洲,有一位虔诚的基督徒,他一直很想知道天堂和地狱到底有什么不同。可是没有人知道这个问题的答案。带着这个遗憾,他死了。可是他还是想弄清楚天堂和地狱的区别,以至于他自己都不知道该去天堂呢还是该去地狱,于是他就这样在天堂和地狱之间徘徊着。

因为他生前经常行善,又是个虔诚的基督徒,上帝决定帮他一下。于是上帝问他:"可怜的人呀,你遇到什么难事了吗?说出来,或许我可以帮助你。"

他问:"上帝呀,天堂和地狱有什么区别呢?"上帝笑了笑,派天使带他到天堂和地狱去参观。

天使领着他来到了地狱,出现在他面前的是一张很大的餐桌,桌上摆满了丰盛的佳肴,围在桌子边的每一个人手里都有一把几米长的

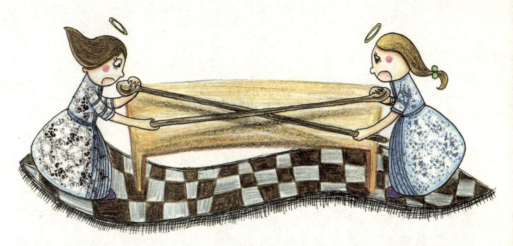

勺子。可是由于勺子太长了，每个人都无法把勺子里的饭送到自己的嘴中，这些人饿得大喊大叫，那凄惨的喊叫声让他不寒而栗。他想：这就是地狱呀！

　　天使又带着他来到了天堂，这里同样有一张摆满了丰盛佳肴的大餐桌，围在桌子边的每个人手里同样有一把几米长的勺子。可是不同的是，他们相互喂对面的人吃饭，所以他们每个人都能吃到饭，而且吃得都很愉快。他想：这就是天堂呀！

　　这个人知道天堂和地狱的区别了，于是，他毫不犹豫地奔向了天堂！

换位思考：

　　天堂和地狱之行，让这个人明白了一个道理：帮助别人就是帮助自己。其实在我们的生活当中，类似的例子还有很多。

成长感悟：

　　和谐、美好的生活需要相互协作，如果失去了这一点，也就失去了团队力量，那么天堂和地狱也就没有什么区别了。

权力的陷阱

黑熊、灰狼、狐狸组成一个强盗团伙,常常肆无忌惮地袭击羊群,使羊群不得安宁。羊群中的头羊决定用谣言、挑拨离间等办法对付这伙邪恶的强盗,但是没有成功,因为黑熊、灰狼、狐狸团结得很紧密,它们并不相信谣言。

后来头羊死了。死前,它把头羊的位置交给一位年轻的羊。这位年轻的羊并没有直接上任,而是提出了一个令大家十分吃惊的计划。它说,要请黑熊、灰狼、狐狸其中的一个来担任羊群的头领。

对此,大家都坚决反对,但是被授以重任的年轻头羊却坚持自己的主张。它把这一决定告诉了黑熊、灰狼、狐狸。它们都十分高兴,谁要是当上羊群的头羊,就意味着拥有整个羊群的指挥权,这好处太多了。可是,谁当羊群的头领呢?

黑熊想:我在团伙中力气最大,作的贡献也不小,这羊群的头领应让我来当。

灰狼想:我在团伙中最为凶猛,咬死的山羊最多了,论贡献我最大,这羊群的头领理应由我来当。

狐狸想：我在团伙中是智多星，很多点子都是我想出来的，我起的作用是最大的，这羊群的头领应由我来当。

为此它们争执起来，互不相让，谁也不服谁。大家就这样僵持起来，火气越来越大。黑熊首先起了杀机，它决定用武力除掉灰狼和狐狸。黑熊趁灰狼不备时忽然向它发起了攻击，一下子就咬断了灰狼的脖子。

黑熊还准备向狐狸下手。狐狸看出了黑熊的心思。它处处防备着黑熊。同时，也准备除掉黑熊。它找到一个猎人经过伪装的陷阱，陷阱上面只有一层树枝。它便躺在上面假装睡觉，因为狐狸身体轻，并没有掉下去的危险。黑熊发现有了动手的机会，于是它猛扑向狐狸，可狐狸迅速地躲开了。黑熊却一头栽进了陷阱里。

剩下的只有狐狸了。但势单力薄、身体弱小的它已对羊群构不成威胁。这时，众羊才知道，权力原来是一个陷阱。

换位思考：

　　有的人不择手段，穷尽一生去追逐权力，而在这个过程中，他失去的往往比得到的要多。现在，你对权力的理解，是不是更深入了呢？

成长感悟：

　　这个故事告诫那些利欲熏心的人不要一味地追逐权力，否则，很容易引火烧身。

生命的林子

唐玄奘剃度之初,在法门寺修行。法门寺是个香火鼎盛的名寺,玄奘想潜心修行,但法事应酬太多。

有人劝他说:"法门寺水深龙多,纳集许多名僧,你若想出人头地,还不如到一些偏僻小寺中阅经读卷,这样,你的才华便会很快显露了。"

玄奘思忖良久,便决定辞别师父。于是他去向方丈辞行。

方丈明白玄奘的意图后,微微一笑说:"我们到寺后的林子去走走吧。"

法门寺后是一片郁郁葱葱的森林。方丈将玄奘引到一个山头,山头上树木稀疏,只有一些灌木和稀疏的两三棵松树,方丈指着其中最

大的一棵说:"这棵树是这里最大最高的,可它能做什么呢?"玄奘围着树看了看,这棵松树乱枝纵横,树干又短又扭曲,玄奘说:"它只能做煮粥的薪柴。"

方丈又带玄奘到那一片郁郁葱葱的林子中去,方丈问玄奘:"为什么这里的松树每棵都这么修长、挺直呢?"

玄奘说:"都为了争天上的阳光吧。"方丈说:"这些树就像芸芸众生,它们长在一起,就是一个群体,为了一缕阳光,为了一滴雨露,它们都奋力向上生长,于是棵棵成为栋梁,而那远离群体零零星星的树,大片的阳光是它们的,许许多多的雨露是它们的,在灌木中它们鹤立鸡群,没有树和它们竞争,所以,它们就成了薪柴啊!"

玄奘惭愧地说:"法门寺就是这一片莽莽苍苍的大林子,而山野小寺就是那棵远离树林的树了。方丈,我不会离开法门寺了!"

在法门寺这片"森林"里,玄奘苦心潜修,后来,成为一代名僧。他的枝叶,不仅穿过云层,伸进了天空,而且承接了西天辉煌的佛光。

换位思考:

是的,一个想成才的人是不能远离社会这个群体的,就像一棵大树,不能远离树林。

成长感悟:

团体中成员之间的良性竞争,能激发人的潜能。孤立的人,能力是很难得到提升的。

名校与"坏"邻居

在美国东部有一所著名的学府，学生入学需要平均分在90分以上，它一门课的学费，相当于普通家庭一个月的开销，该校的学生常穿着印有校名的T恤自豪地走在街上。

但是，这个学校有着严重的困扰，那就是它紧邻一个治安极坏的贫民区，学校的玻璃经常被顽童打碎，学生的车子总是失窃，学生在晚上被抢已不是新闻。

"我们这么伟大的学校，怎能有如此糟糕的邻居！"董事会一致通过决议，"把那些素质低下的邻居赶走！"方法很简单——以学校雄厚的财力把贫民区的土地和房屋全部买下，改为学校校园。

于是校园变大了。但是问题不但没有解决，反而变得更严重了，因为那些贫民虽然搬走了，却只是向外移，隔着青青的草地，学校又与新贫民区相邻，加上扩大后的校园难以管理，治安状况变得更糟了。

董事会没了主意，请来当地的警官共谋对策。

"当你们与邻居相处不来时，最好的方法不是把邻居赶走，更不是将自己封闭，而是应该试着去了解、沟通，进而影响、教育他们。"警官说。

校董们相视半晌，哑然失笑，他们发现身为世界著名学府的董事，竟然忘记了教育的功能。

他们开办了贫民补习班，送研究生去贫民区调查探访，捐赠教育器材给邻近的中小学，并辅导学业，更开辟部分校园为运动场，供青少年们使用。

没过几年，这所学校的治安环境大大改善，而那邻近的贫民区，也眼看着步入了小康。

换位思考：

"坏"邻居在校董们的举措之间改变了，好与坏可以互相转变。面对你的"坏"邻居，你会有什么样的举动呢？

成长感悟：

互助互利这个道理谁都明白，给予他人支持与帮助，让大家共同进步，我们的世界会更美好！

勤俭匾

　　从前，在山脚下住着两兄弟，老大叫大牛，老二叫二牛，他们的父母亲都是勤俭持家的人，在他们的操劳下，兄弟俩日子过得幸福又美满。

　　后来，两兄弟渐渐地长大了，他们提出了分家。"好吧，"年迈的父亲说，"你们也该独立生活了，我可以给你们一些家产，可是这些都不是最重要的，我还有一样东西要送给你们，这样东西可是我们家里的传家宝，你们一定要好好保管啊！"说完，父亲拿出一块匾额，上面端端正正地写着两个大字：勤俭。

　　大牛和二牛高高兴兴地过起了各自的日子，可是匾额只一块，怎么办呢？后来，他们拿来锯子，把匾从中锯开，哥哥拿了个"勤"字，弟弟拿了个"俭"字。两兄弟都把自己有的这个字高高悬挂在房子正中，敬若神明。

大牛领悟到了勤的重要性，每天日出而作，日落而息，家中粮谷满仓。可是他的妻子却是个不节俭的女子，花钱大手大脚，孩子们也常常将只吃了两口的馍随手扔掉。久而久之，家里没有一点余粮。

弟弟呢，深深体会到俭的意思，一家人省吃俭用，节衣缩食。可就是疏于农事，懒于精耕细作，田里的草长得比人还高，也无人打理。这样一来，自然是难以维持生计了。

有一年遇上大旱，兄弟俩都没有余粮，于是两人一起来到父母家，诉说自己的遭遇。父亲笑呵呵地说："只勤不俭，好比端了个没底的碗，装多少就漏多少；只俭不勤，好比端个空碗，本就没装满！"

兄弟俩恍然大悟：勤俭本就是一家，怎么能分呢？于是他们把两个字又拼在了一起，重新回到父母身边，一边照顾双亲，一边勤俭度日，一家人和和睦睦，快乐极了。

换位思考：

勤俭匾被大牛和二牛生生分开了，他们各自领会到不同的含义。如果换了是你，你会怎么做呢？是选择将匾额分开各自领会其中的意思，还是将它们合在一起勤俭度日呢？

成长感悟：

勤、俭原本就相辅相成，缺一不可。只有在勤劳中节俭，在节俭中勤劳，日子才会越过越好。

猴子造房子

一天，住在树林里的猴子们决定要造一间大房子。大家在一只老猴子的指挥下，由小猴子们负责搬运石头，大猴子们负责搬运木料。

在山脚下有一块大石头，十分沉重，老猴子围着石头看了看，打算叫8只小猴子一块儿来搬。领头的小猴子知道了老猴子的想法，便站上大石头对其他猴子大喊："喂，快来7个跟我一起搬这块大石头。"有7只

小猴立刻放下了手中的事情,蹦蹦跳跳地来到了山下。

　　他们来到山下一看,全都惊呆了,这块石头可真大啊,该怎么才能搬走它呢? 8只猴子围着大石头,讨论了一番后,领头的小猴子对大家说:"一会儿,你们听我的口令,我数到三,大家就一起将石头抬起来! "

　　"好! "小猴子们齐声答道。

　　"现在听我的口令,一、二、三! "小猴子大声喊道。

　　8只小猴子一齐用力,大石头一下子被抬了起来。抬了一段后,其中有一只小猴子想:既然这块大石头都已经搬起来了,我也就不用再出力了,我一个人不出力算不了什么。于是,它悄悄地松了手。

　　凑巧,其他7只小猴子也都这样想。只听"轰"的一声,大石头掉到了地上。8只小猴纷纷惨叫起来:"哎呀,哎呀,我的脚啊! "8只小猴的脚都被大石头砸伤了。

换位思考:

　　大家齐心协力、团结一致,能做到一个人所不能做到的事情。想一想,在参加社会劳动或者参加集体活动时,你有没有偷懒呢?

成长感悟:

　　8只小猴的力量加在一起,原本可以搬动大石头,但却因它们各怀私心,都不愿出力,最终竟砸伤了自己的脚。

茶杯和茶壶

从前,有一个失落的年轻人,千里迢迢来到法门寺,对住持释圆大师说:"我一心一意要学丹青,但至今没有找到一个能令我满意的老师。"

释圆大师笑笑问:"你走南闯北十几年,真没能找到一个能做自己老师的人吗?"年轻人深深叹了口气说:"许多人都是徒有虚名啊,我见过他们的画,有的画技甚至不如我呢!"释圆听了,淡淡一笑说:"老衲虽然不懂丹青,但也颇爱收集一些名家精品。既然施主的画技不比那些名家逊色,就烦请施主为老衲留下一幅墨宝吧。"说着,便吩咐一个小和尚拿了笔、墨砚和一沓宣纸来。

释圆说:"老衲的最大嗜好就是饮茶,尤其喜爱那些造型流畅的古朴茶具。施主可否为老衲画一个茶杯和一个茶壶?"年轻人听了说:"这还不容易?"于是调了一砚浓墨,铺开宣纸,寥寥数笔,就画出一个倾斜的水壶和一个造型典雅的茶杯。那水壶的壶嘴正徐徐吐出一脉茶水来,注入到那茶杯中去。年轻人问释圆:"这幅画您满意吗?"

释圆微微一笑,摇了

摇头。

释圆说:"你画得确实不错,只是把茶壶和茶杯放错位置了。应该是茶杯在上,茶壶在下呀。"年轻人听了,笑道:"大师为何如此糊涂!哪有茶壶往茶杯里注水,而茶杯在上茶壶在下的?"释圆听了,又微微一笑说:"原来你懂得这个道理啊!你渴望自己的杯子里能注入那些丹青高手的香茗,但你总把自己的杯子放得比那些茶壶还要高,香茗怎么能注入你的杯子里呢?首先要把自己放低,和别人团结,才能吸纳他们的智慧和经验。"

换位思考:

　　年轻人为什么找不到让自己满意的老师呢?就是因为他太骄傲自满、目中无人了,把自己看得很高。生活中如果我们也这样,那么别人都会离你远远的,你还怎样去提高自己呢?

成长感悟:

　　自以为了不起的人,永远不会进步。

唯一的水

在一望无垠的沙漠中,有一个人已经行走了两天,还在途中不时遇到沙暴。一阵狂沙吹过之后,他已认不得正确的方向。此时,他已经没有一滴水,也没有一点干粮,眼看他就要死在荒无人烟的沙漠中。

正当他快撑不住时,突然,他发现前面有一幢废弃的小屋。开始,他以为是自己因极度饥渴而出现的幻觉,可是,当他拖着疲惫的身子走近时,才知道这不是幻觉,面前真的有一座小屋。

他欣喜若狂,走进了屋内。可是,屋内的情景却不容乐观,这是一间不通风的小屋子,里面堆了一些枯朽的木材,没有发现一滴水和能吃的东西。他几乎绝望地走到屋角,却意外地发现这里居然有一台抽水机。

他兴奋地上前抽水,可是任凭他怎么抽水,也抽不出半滴来。他垂头丧气地坐在地上,却看见抽水机旁有一个用软木塞堵住瓶口的小瓶

子,瓶上贴了一张泛黄的纸条,纸条上写着:"你必须用水灌入抽水机才能抽水!不要忘了,在你离开前,请再将水装满!"他拔开瓶塞,发现瓶子里果然装满了水!

他的内心此时非常矛盾。

如果自私点,只要将瓶子里的水喝掉,他就不会渴死,就能活着走出这间屋子!

如果照纸条上说的那样做,把瓶子里唯一的水倒入抽水机内,万一水一去不回,他就会渴死在这地方了。到底要不要冒险呢?

最后,他决定把瓶子里唯一的水注入抽水机。这不仅是为自己能有充足的水,更是为了给后来的人留下救命的水。他将水全部灌入看起来破旧不堪的抽水机里,用颤抖的手抽水,水真的大量涌了出来!

他喝足水后,把瓶子装满水,用软木塞封好,然后在原来那张纸条后面,又加上自己的话:"相信我,真的有用,只有大家团结一致,才能走出这片沙漠!"

换位思考:

"相信我,真的有用,只有大家团结一致,才能走出这片沙漠!"这是一个沙漠旅者的肺腑之言,或许这短短一句话将会是很多后来旅者的"救命丸"。它的价值岂止是用金钱能衡量的呢?

成长感悟:

在取得之前,要先学会付出。

分苹果

美国一位著名心理学家在全美选出了50位成功人士,他们都在各自的行业中获得了卓越的成就,同时又选出50位有犯罪记录的人,分别给他们去信,请他们谈谈儿童时期的成长故事。

有两封回信给他的印象最深。一封来自白宫一位著名人士,一封来自监狱一位服刑的犯人。他们谈的都是同一件事:小时候母亲给他们分苹果。

那位来自监狱的犯人在信中这样写道:"小时候,有一天妈妈拿来几个苹果,红红的,大小各不同。我一眼就看见中间的一个又红又大,十分喜欢,非常想要。这时,妈妈把苹果放在桌上,问我和弟弟:'你们想要哪个?'我刚想说想要最大最红的一个,这时弟弟抢先说出了我想说的话。妈妈听了,瞪了他一眼,责备他说:'好孩子要学会把好东西让给别人,不能总想着自己。'看到妈妈不高兴的样子,我想,妈妈肯定是希望我和弟弟互相谦让,我如果假装谦让,妈妈就会把苹果分给我了,于是改口说:'妈妈,把大的留给弟弟吧。'妈妈非常高兴,在我的脸上亲了一下,并把那个又红又大的苹果奖给了我。我得到了我想要的东

西。从此，我学会了说谎。为了得到想要的东西，我不择手段。现在，我被送进了监狱。"

那位来自白宫的著名人士是这样写的："小时候，有一天妈妈拿来几个苹果。我和弟弟们都争着要大的，妈妈把那个最大最红的苹果举在手中，对我们说：'这个苹果最好吃，谁都想要得到它。让我们来做个比赛，我把门前的草坪分成三块，你们三人一人一块，负责修剪好，谁干得最快最好，谁就有权得到它！'我把弟弟们团结起来，一起修剪草坪，草坪都修剪得很好。于是妈妈把那个最大的苹果分成了三份给我们，还另外奖励了我一个。"

换位思考：

母亲是孩子的第一任教师，可以教孩子说第一句谎话，也可以教孩子做一个诚实的、懂得团结众人的人。白宫著名人士的母亲让他明白了一个道理：想要得到最好的，就必须全力做到最好。

成长感悟：

你想要什么，想要多少，就必须为此付出多少努力和代价！

黑带的含义

有一个武林高手跪在武学宗师的面前,准备接受黑带授带仪式。这个徒弟经过多年的严格训练,终于在武林出人头地了。

"在授予你黑带之前,你必须接受一个考验。"武学宗师说。

"我准备好了!"徒弟答道。他以为可能是最后一个回合的练拳,没想到,武学宗师只是问了他一个问题。

武学宗师问他道:"你必须回答最基本的问题,你告诉我,黑带的真正含义是什么?"

"是我习武的结束!"徒弟大声回答道。然后想了想,又补充了一下:"是我辛苦练功应该得到的奖励。"武学宗师等待着他再说些什么,显然他不满意徒弟的回答,但是徒弟却没有了下文。他只好开口了:"你还没有到拿黑带的时候,一年以后再来吧。"

一年以后,徒弟再度跪在武学宗师的面前,武学宗师还是问他:"黑带的真正含义是什么?"

"是本门武学中最杰出和最高荣誉的象征。"徒弟说。

武学宗师等啊等,过了好几分钟,徒弟还是不说话,显然武

学宗师还是不满意。

武学宗师仍然对徒弟说："你还是没有到拿黑带的时候，一年以后再来吧。"

转眼又过了一年，徒弟又跪在了武学宗师的面前，武学宗师还是问道："黑带的真正含义是什么？"

"黑带代表磨炼、奋斗，代表用所学的维护团结、友谊、协作的氛围而不是争强好胜，是追求更高标准的里程的起点。"

"好，你已经可以接受黑带了。记住，武学的最高境界是为了和平而不是高手间的争斗！"武学宗师笑眯眯地扶起了徒弟。

换位思考：

能练到得黑带的水平并不难，但想真正达到黑带的境界却是不简单的。你是不是应该重新规划一下自己的人生呢？

成长感悟：

在这个竞争激烈的社会，只有不断提升自身修养，才能公平竞争、和平相处，体现这个社会的和谐。

鞋带的故事

有一家超市,生意相当红火,而且每月的收入都比上一个月有很大增长。

可有一个月的月底,财务部却发现当月收入比上个月少了好多。这是个相当严重的问题,财务部迅速将情况向经理作了汇报,经理又迅速召集了销售部的工作人员,让他们赶快找出收入下降的原因。

几天后,销售部主任拿着分析报告进了经理室,同时还递给了经理一份报纸。

这份报纸,是当地社区创办的,只见上面写着这样一件事:一个月前,有一名女顾客到这家超市购买生活用品。结账的时候,她发现售货员少找了1元钱,但售货员坚持认为没找错,因此发生了一次小小的争执。尽管后来售货员让步了,女顾客却认为受到了侮辱,便将此事写成了一篇短文,狠狠地批评了该超市的服务质量。

经理一下子明白了销售额下降的原因,因为这家超市有近四分之一的顾客来源于这个社区。

经理立即叫人找来那名当事的售货员。令他惊讶的是,站到他面前的竟是一名多年来连续获得"优质服务模范个人"称号的员工。

经理不敢相信这是真的。在交谈中,这位优秀员工很惭愧地说出了失职的原因。

那天上班,她和平时一样,早早起了床,吃完早饭就匆匆赶到公交车站。就在她和一群上班族奋力挤向车门时,鞋带突然散了,鞋子立即从脚上掉了下来。她赶紧去找鞋子。等她穿好鞋子后,车子已经开走了,于是她只好等下一班车……那天她上班迟到了。当她刚刚迈进超市大门的时候,就受到管理人员的严厉批评。接下来的一段时间,她的心情一直很坏。当那位顾客对找回的零钱提出异议时,她的语气明显不够温和……

听完售货员的叙述,经理想了一会儿,最后,他语气温和却很郑重地说道:"以后,请系紧你的鞋带,一刻都不要松懈。"

换位思考:

如果当时女员工扎紧鞋带,鞋子不会掉,也就不会因上班迟到挨管理人员批评,更不会上报纸,影响超市生意了。一件很小的事情没做好,竟产生了一系列的反应。如果你是这名女员工,还认为系好鞋带是小事吗?

成长感悟:

成长过程中,我们老会感觉心情莫名其妙变得糟糕,请仔细地找一下原因,别因为没协调好一件事,而使自己陷入麻烦之中。

驴和骡子

　　有个商人赶着一头驴和一头骡子到城里运货物。他把货物分成两袋,分别驮在驴和骡子背上。

　　与骡子比起来,驴的个子是那么小,但它驮的货物却并不比骡子少。上

山的时候,驴有些支持不住了,它低声下气地对骡子说:"大哥,老弟求求你,把我背上的货物分一些到你背上去吧,你身体强壮,再放一些货物也走得动,而我再走下去准会累死的!"可骡子根本就不理会,只顾走自己的路。

驴只好又硬撑着走了几步,它累得上气不接下气,两条腿都快站不住了。它又央求骡子:"大哥,求求你,只要你分担一点货物,我不但死不了,还能将余下的货物运走,这样不更好吗?"但骡子依然不理它。

又走了一段,驴实在坚持不住,累得从山上滚了下去,摔死了。商人不得不将驴背上的货物全部放在了骡子背上,还把那头死驴也放了上去。商人拍拍骡子的头说:"没办法,驴死了,现在只有辛苦你了。"

骡子背着沉沉的货物和驴的尸体,艰难地迈着步子,它懊悔地想:"我真是活该!假如在驴请求帮助时我帮助了它,那么我现在就不会这么悲惨了!"

换位思考:

　　面对驴子的哀求,自私的骡子却无动于衷,结果最终苦了自己。如果一开始骡子就帮驴一把,结果又会怎样呢?

成长感悟:

　　如果不懂得与人合作,自己便会遭受苦难。

成功与惩罚

大学毕业后,他就做了编辑,在县报干了十年后他仍然是个编辑。五年前报社精简人员,他失业了。后来,他应聘到省城的一家媒体工作,只过了三年,他便成了编辑部主任。

他的"发迹"史有不同版本,其中有一种最可信。在县报,编辑如果出了差错,错一个字扣3元,事实性差错扣5元,如果把领导的名字弄错了最多只不过扣50元。但在省报错一个字扣50元,事实性差错扣300元,而且与之相关的所有人员都会受罚。如果新闻中领导的名字被弄错,那么就不是扣钱这么简单了。

所以在省报工作的同事都非常团结,每一个细小的环节大家都要一起检查好几遍。尽管如此,在省报担任编辑的两年,他还是被扣了2000多元,但大都是些小差错。

可有一次,他在排通稿的时候,不知是粘贴时出错,还是排版时出错,一则十分重要的新闻中少了一个领导人的名字。报纸第二天发行后,政府部门就把电话打到了报社领导那里。报社领导立刻把他叫到办公室,他把责任全部揽在了自己身上。接着,政府宣传部门对他进行了警告批评。此后的新闻编辑过程中,在同事们的全力协助下,他再也没有出现差错了。据他本人说,只要在新闻

中一遇到领导人的名字,他的双手就要冒汗,而同事们也都会仔细地看几遍。这个习惯一直坚持到现在。

而提拔他担任编辑部主任一职的原因是:他虽受到报社自创刊以来最严重的警告,但他最终还是顶住了压力,把日后的工作做得很好,并且在犯了错误后有勇气独自承担责任,所以得到全体同事的大力支持,促使整个编辑部呈现空前的团结。这样的人一定可以胜任编辑部主任的职位。

换位思考:

自然界的许多现象都寓示着惩罚的力量:枣树如果不结果,有经验的老农就会用柴刀使劲砍,来年肯定果实累累。枣树的境遇是不是和那个编辑相似呢?正视生活中你所遭遇的惩罚吧!

成长感悟:

在人的一生中,鼓励和惩罚是两种不同的手段。有时候,惩罚要比鼓励更有效。

公牛和狮子

在靠近森林的一个牧场上，生活着三头公牛：一头黄公牛，一头黑公牛，一头红公牛。它们一起吃草、喝水，形影不离。因此，森林中那头早就对公牛们垂涎三尺的狮子，一直不敢轻举妄动。

一天，狮子想出了一个挑拨离间的办法。它来到了牧场边，这时刚好黄公牛离开了两个伙伴，独自在牧场边吃草。狮子慢慢地走过去，对黄公牛说："嗨，我的朋友。请问你们三个当中谁最强壮？"黄公牛说："我们三个的力量一样大。""可是，黑公牛对我说它才是你们当中最强壮的，要不是它在保护你们，你们早就被吃掉了。"狮子说。黄公牛听了非常生气，从此不愿意跟黑公牛在一起了。

第二天，狮子找准机会又对黑公牛说："黄公牛对我说，它是你们三个当中最强壮的。它告诉我,如果我想吃你们的话,可以去吃黑公牛,它是最弱的。"听完狮子的话,黑公牛气得直发抖,说:"黄公牛真是忘恩负义!"

第三天,狮子又对红公牛说:"黑公牛说你是个胆小鬼,要不是它和黄公牛保护你,恐怕你早就被野兽吃掉了。"红公牛听了,对它的两个伙伴处处提防,渐渐疏远了它们。

就这样,三个原本亲密无间的朋友,现在谁也不愿理谁。它们总是独自去吃草,独自去喝水,独自躺在树下睡觉。

狮子见自己的诡计得逞了,高兴极了!终于有一天,它从森林里窜了出来,将一头公牛扑倒在地,美美地饱餐了一顿。另外两头公牛虽然看见同伴遇险,却无动于衷,因为它们觉得那是它应得的报应。第二天,第三天,狮子一天吃一头公牛,很快,三头公牛都进了狮子的肚子。

换位思考:

三头公牛因为听信了狮子的谗言,所以放弃了团结,最后成了狮子口中的美食。假如它们能始终相信自己的朋友,团结一致,狮子还有机可乘吗?

成长感悟:

朋友之间应该互相信任,不要相信他人别有用心的挑拨,只有齐心协力才能战胜危险。

互动思考

1. 天堂和地狱的差异到底在哪里呢?

2. 有的人毕生都在追逐的权力为何却是一个陷阱呢?黑熊、灰狼、狐狸和年轻的头羊,它们谁才是真正的智者?

3. 为何独自享受充足阳光的松树反而不如林子里的松树修长挺拔呢?

4. 真正的协作是懂得带领他人共同进步,在面对"坏"邻居时,美国的这所名校是怎么做的呢?

5. 谁不想得到那个又红又大的苹果呢?你会为了得到它而撒谎吗?

6. 黑带仅仅是代表了高超的武艺吗?它还有别的含义吗?

7. 一根没有扎紧的鞋带,竟带来了那么大的麻烦。看了这个故事,你还会忽略那些看似不起眼的事物吗?

　　有缺陷的那只水桶，一直为自己的缺陷而自责，殊不知，它却因此浇灌了半边路上的花儿；而看似很傻的"瓜王"，却得以收获更优良的瓜。其实与人相处得好，是人生中最大的收获。如果缺少同别人的和谐关系，就算有了知识、智慧和财富也毫无意义。多创造与别人合作的机会，在交往中，结识新伙伴，关心他人，而不要只强调与别人竞争。

GO

路边的花儿

一位挑水夫，有两个水桶，分别吊在扁担的两头。其中一个桶有裂缝，另一个则完好无缺。在每趟挑运之后，完好无缺的桶总是能将满满一桶水从溪边送到主人家中，而有裂缝的桶到达主人家时，只剩下半桶水了。

两年来，挑水夫就这样每天挑一桶半的水到主人家。好桶对自己能够送满整桶水感到很自豪。破桶呢？对于自己的缺陷非常羞愧，它为只能完成一半任务而感到非常难过。

饱尝了两年自责的苦楚，破桶终于忍不住了，它对挑水夫说："我很惭愧，必须向你道歉。""为什么呢？"挑水夫问道，"你为什么觉得惭愧？""过去两年，我只能送半桶水到你主人家，我的缺陷，使你做了全部的工作，却只收到一半的成果。"破桶说。挑水夫替破桶感到难过，但他很有爱心地说："请你留意路上盛开的花朵。"

果真，他们走在山坡上

时,破桶眼前一亮,看到缤纷的花朵,开满路的一旁,沐浴在温暖的阳光之下。这景象使它开心了很多! 挑水夫温和地说:"你有没有注意到小路两旁,只有你经过的那一边有花,好桶的那一边却没有花? 我知道你有缺陷,因此我善加利用,在你经过的路旁撒了花种,每次我从溪边回来,你就替我一路浇了花! 两年来,这些美丽的花朵装饰了我的房间。如果你没有缺陷,我的家里也没有这么好看的花朵了! "

换位思考:

　　破桶因没能对挑水夫尽到职责而感到内疚,你有没有因未对团队作出贡献而自我反省过呢?

成长感悟:

　　有些事情不能只看一面,好与坏并没有绝对的定论,关键在于你用什么角度看待事物。

跳

上班高峰期，老是堵车。一辆公交车出了点小毛病，迟到了半个多小时，在车站等车的人们蜂拥而上。这个时候，乘客大部分都赶时间。

大伙儿的运气还真是不好，开了没多久又堵车了，公交车被堵在那里进不能进，退不能退。司机从观后镜看见乘客纷纷看表，满脸焦急，他自己也着急得直冒汗。

在几位交警的协调下，车流终于向前移动了。司机擦擦满头大汗，重新发动引擎，可车子怎么也打不着火，他又试了几次，然后无奈地站起来对大家说："对不起，车子坏了！"

乘客们嚷嚷起来："天哪，让我们到哪儿去换车呀？前面的站还很远呢！"

司机清清嗓子，大声对闹哄哄的乘客们说：
"大家别急，我这车有个毛病，只要大家帮
帮忙站起来跳跳就好了。听我数一、二、
三，大家就一起跳！"

乘客们只好纷纷起立，在司机的
口令下，一起跳起来。

"发动了，发动了！"乘客们纷
纷拍手，无论老少都哈哈大笑。

于是，一路上，司机洪亮的口令
不断地响起，大家也都站起来跟着
口令跳。

公交车终于到达了下一站，车上每
个人虽然互不相识，但每个人都笑呵呵的。

到站后，早有另外一辆车等在了站上，大家高兴地转车。最后一位
乘客是位老大娘，她下车时笑嘻嘻地拍了下司机的肩膀说："小伙子，
还好你没有叫我站起来跳，我可跳不动哦！"

司机心照不宣地哈哈大笑起来。

换位思考：

　　"一、二、三，跳！"这是公交车上多么优美的旋律呀。你也曾
和陌生人共同奏起过这种旋律吗？

成长感悟：

　　一群乘车的陌生人相互合作，困难就轻而易举地解决了。合
作的力量是无穷的！

石头汤

　　从前,有一个和尚遵师命下山去化缘。这天,和尚来到一个小村庄,奇怪的是,村子里的人看到他都关上了门。他想:我得做点什么点化点化村民们。

　　他站在村子中间大声喊道:"我有一颗神奇的汤石。如果将它放入烧开的水中,立刻就会变出美味的汤来。谁家有大锅呀? 我现在就煮给大家喝。"

　　有人很好奇,就从家里拿了一口大锅出来。又有人提了一桶水,并点燃木材,升起炉子。

　　只见和尚很小心地从兜里摸出一个包裹得很严实的袋子,一层一层打开,里面是一个乌黑发亮的石头。他小心地把石头放入滚烫的锅中,然后用汤勺尝了一口,兴奋地说:"太美味了,如果再加入一点洋葱就更好了。"

　　立刻有人冲回家拿了一堆洋葱。和尚又尝了一口,说:"太棒了,如

果再放些蔬菜就更香了。"

一个胖胖的老太婆颤巍巍地提来了一大筐胡萝卜。一个调皮的小男孩眨巴着好奇的眼睛，悄悄地溜回去，把自家地里又大又嫩的大白菜抱了来。

"还差一点蘑菇……"

在和尚的指挥下，村里的人们有的拿来了盐，有的拿来了酱油，有的人捧出了家里珍藏的其他材料。

村子里的男女老少都来了，他们都很好奇，全都想尝尝和尚熬的"石头汤"。和尚又叫人拿来了很多碗，他分给每人一碗"石头汤"。

当大家一人一碗捧着享用时，他们发现这真是天底下最美味的汤。

换位思考：

其实那不过是和尚随手在路边捡到的一颗石头。这个故事让我们明白，只要每个人都贡献一份力量，那大家得到的肯定是更多的回报！

成长感悟：

"一根筷子易折断，十双筷子抱成团。"这是千古不变的道理。我们不妨做十双筷子中的一员。

瓜王分种子

美国南部的一个州,历来以盛产西瓜而闻名,那里生长的西瓜汁多味美,口感特别好。当地的瓜农祖祖辈辈都靠种西瓜过活,日子过得舒适惬意。

然而最初的时候,这里的西瓜也是非常平常的,只是产量比较多。由于口味一般,这个州又比较偏远,瓜农们种的西瓜虽然丰收,却常常卖不出去。

有一个青年瓜农,他常年观察气候的变化,细心研究当地土质的特性,决心要种出味道独特的西瓜来。功夫不负有心人,他结合自己多年的种瓜经验精心栽培,他的西瓜地里终于结出了又大又汁多味美的西瓜。

他把自家地里摘的西瓜抱去参加美国一次大型的瓜果竞赛,众人品尝了他的西瓜后,均赞不绝口。很多水果商决定和他签下合作的协议,并答应把他的西瓜销售到世界各地去,让人们都知道他的西瓜。这次瓜果竞赛中,

这个青年瓜农获得了"瓜王"的称号。

回到家里，其他的瓜农都非常羡慕他，叹息自家地里长不出那么好的西瓜来。让人们奇怪的是，瓜王居然将自己精心培育出来的种子分送给了街坊邻居。

朋友们都说他傻，这种做法无异于给自己增加了很多竞争对手。

瓜王这样做有自己的道理。原来，他把种子分给大家，就有更多的人来种他培育出的优良西瓜。这样也避免了蜜蜂在传递花粉的过程中，使邻近的较差的品种污染自己的优良品种。他说："我将种子分送给大家，帮助大家的同时也就帮助了我自己！"

换位思考：

瓜王看似糊涂的做法，却能带动更多的人种植优良西瓜，同时也能提高自己西瓜的质量。这种糊涂不是比聪明更好吗？

成长感悟：

当今社会，竞争的双方能够双赢才算是获得了真正的成功。让我们携起手来，共同面对挑战吧！

道是无情却有情

因为想学电脑,韦文军在一家装修公司做清洁工。虽然做的是最底层的工作,但是他积极乐观,还经常帮其他同事跑跑腿,偶尔说说笑话让大家乐一乐。这样一来,原本死气沉沉的工作氛围,一下子活跃了

起来,同事之间也比以前更团结,工作起来更加轻松了。没过多久,他就得到了老板的赏识。

有天夜里,老板主动找他谈话,推心置腹地向他说起自己的经历来。原来,老板是哲学硕士出身,初到深圳的第一份工作竟然是疏通下水管道。因为他当时看准了深圳这座移民城市装修市场的空白,于是放下书生架子做起疏通下水管道的工作来,并因此攒下了创业的"第一桶金"。

他还说:"我让你打扫清洁,是希望你能在苦难中学到东西,有所

收益！"

　　从那以后，公司任命韦文军正式上岗做设计师，每月底薪1000元。虽然没学过设计，但公司的同事们都毫无保留地指点他。时间一长，老板发现韦文军在同事们的帮助下设计得越来越好了，而且还特有人缘，天生具有团队凝聚力，于是提拔韦文军做设计总管，月薪加到6000元，并放手让韦文军负责一些大项目。

　　两年后，韦文军带着积攒的50万元开了一家属于自己的装饰公司。

换位思考：

　　通过自己不懈的努力和他人的帮助，韦文军从一个什么都不懂的清洁工，变成一位成功的装饰公司老板。面对困境，你有没有和他一样积极乐观的精神呢？

成长感悟：

　　孤独的人不可能成就辉煌的事业，这是一个恒久不变的真理。

危险的游戏

这是发生在二战期间一对父子之间的真实故事。

一个善良憨厚、生性乐观的犹太青年，被抓进了惨无人道的纳粹集中营里。他很爱3岁的儿子，为了不让孩子幼小的心灵蒙上阴影，他哄骗儿子说："亲爱的儿子，我们现在来玩一个游戏，一个真刀真枪的游戏。"

儿子兴奋地问："什么游戏啊？"

爸爸回答："谁的生命承受力强，谁就能得分，积分到了1000分，就可以得到一辆真正的坦克。"儿子听完跃跃欲试。

很快，父子俩的游戏被很多人知道了，大家一致决定，尽自己最大的力量支持父亲。集中营里每天都有犹太人被拉出去处决，每当儿子看到这些，爸爸就故作轻松地说："他们积分不够，被淘汰了，我们领先了，一定要坚持下来。"而那些被拉出去的人也都对儿子扮扮鬼脸，似乎在祝贺他的胜利。在漫长的、朝不保夕的煎熬中，父亲陪着儿子玩啊闹啊，而集中营里不管是老的少的，还是新来的，也都不约而同地默默配合着父亲，好像这一切真的只是一场游戏。

战争即将结束前的一天，父亲意识到自己快被处决了。他算准哨兵换岗的时间，找机会把儿子藏在一个垃圾桶里，然后告诫他："等一会儿不管看到什么，都不要出声。我们的积分已达到了900分，过了这

一关，你就可以拥有一辆真正的坦克了！"儿子兴高采烈地答应了。集中营里的人全被押解着走向刑场，经过垃圾桶时，他们都悄悄地对垃圾桶做着俏皮的鬼脸……过了好长时间，儿子听到轰隆隆的声音，他掀开垃圾桶盖，看到许多辆坦克开了过来，他高兴得又叫又跳："有坦克了！我有坦克了！"随即，盟军的坦克救走了这个孩子。

换位思考：

　　如果少了集中营里其他难友的配合，父子俩的游戏还能进行下去吗？

成长感悟：

　　集中营里的人们那伟大的爱心足以感动全人类，他们用自己的生命为孩子撑起了一把保护伞，挡住了邪恶和黑暗。

共命鸟

从前，在欧洲一个国家的森林里，有一只两头鸟，名叫"共命"。为什么叫这么奇怪的名字呢？因为这只鸟的身躯上有两个头。

共命鸟的两个头"相依为命"，遇事总是讨论一番，再采取一致行动，比如到哪里去找食物，在哪里玩耍，在哪里筑巢栖息。刮风的时候，它们一起奋力飞翔，躲到安全的地方；下雨的时候，它们相互遮挡，直到飞向得以避雨安身的大树。偶尔有一天没有觅到充足的食物，它们也会互相谦让，生怕对方吃得少了一点。

可是有一天，一个"头"不知为何对另一个"头"产生了很大的误会，谁也不理谁。

过了一段时间，其中有一个"头"慢慢消气了，它知道长期这样下去对谁都没有好处。于是它想尽办法要和另一个头和好，希望它们还和从前一样快乐地相处。可另一个"头"还是不理它，根本没有要和好的意思。

现在，这两个"头"为了食物开始

起争执了。一个"头"说："我们得多吃健康的食物，以增进体力。"

但另一个"头"想："哼！我偏不让你享受到那么好的美食。"于是它坚持吃毒草，想毒死对方以消除心中的怒气！

最后，那只共命鸟终因吃了过多有毒的食物而死去了。

换位思考：

因为一点小矛盾，其中一个"头"无法释怀，希望通过吃有毒的食物毒死对方，但因为它们是一体的，最后自己也落个中毒身亡的下场。

成长感悟：

平时生活中，每个人之间的关系就好像是大家庭里的兄弟姐妹，应该和和气气，团结一致。若发生了不愉快的事，大家应开诚布公地解决，不应相互仇视，否则，彼此都会受到伤害。

群猴捞月亮

从前，有一个伽师国，国内有一座波罗奈城。在城郊人迹稀少的森林中，生活着几百只猴子。

一天晚上，猴子们在山上玩耍，领头的大猴子看见天空中挂着一轮圆圆的月亮，可漂亮了。大猴子想把它摘下来送给自己心爱的女儿。

大猴子知道凭自己一个人的力量是不能摘到月亮的。大猴子决定让群猴帮助自己，于是它一声口哨，一群猴子就跟着它跑到了附近最高的山峰。猴子们一个叠一个，终于搭成了一座"猴梯"。最小的那只猴子爬上梯子顶端去摘月亮，它拼命往前抓，"猴梯"摇摇晃晃，小猴子再猛地一用力，就失去了平衡，从"猴梯"顶上摔了下来。顿时，猴梯倒了，猴子们纷纷摔倒在地上。

月亮没有摘到，大家垂头丧气。一只猴子从地上爬起来，它淘气地东张西望。忽然，它看见下面水潭里也有一个月亮。

大猴子十分高兴，一声口哨，又

把群猴集合起来。因为山崖离水面太远，猴子们只好一个拉着一个的脚，拉成一长串，又形成了一个倒挂的"猴梯"，一直挂到水面。可是小猴子伸手去抓的时候，月亮却笑着荡开了，它怎么也抓不起来。就在群猴都着急的时候，一个聪明的猴子找来了一把葫芦瓢，猴子们一个传一个，把葫芦瓢传到了最下面的那只小猴子手里。小猴子接过葫芦瓢，轻轻一下就把"月亮"舀起来了。大家兴高采烈，围着"月亮"直跳舞。

换位思考：

为了得到漂亮的月亮，大猴子想尽了办法，群猴一起努力帮助它。如果你和同学们想做一件事，你们会像猴子们那样团结吗？

成长感悟：

其实群猴并没有捞到月亮，可是它们那种互相协作、共同努力的精神却让它们从中享受到了快乐。

湿透的馒头

那年，全班组织去春游，由学校统一供应伙食，但需要交伙食费。同学们都兴奋极了，叽叽喳喳提了一大堆问题，老师一一回答后，又问了一句："大家还有什么问题？"这时，角落里那个来自山区的女孩子慢慢举起手，老师示意她起身提问，女孩子站了起来，用极低的声音问："老师，我可以带馒头吗？"一阵其实并没有恶意的笑声让女孩的脸顿时变得通红通红的，眼泪无声地沿着她的脸颊流下来。老师走过去，抚摸着她的头说："你放心，可以带馒头的，没事。"

出发前一天，女孩买了几个馒头，然后低着头像做贼似的跑回宿舍。几个女同学正在一边收拾着春游要带的零食，一边叽叽喳喳地讨论着什么。女孩子直奔自己的床，迅速地用一个塑料袋把馒头装了进去。

那天下着雨，女孩没带伞，和同学共用一把，为了不使同学淋湿，她不住地把伞往同学那边移。等赶到目的地时，女孩的一半身子湿漉漉的，

背包也打湿了。大家纷纷冲向饭馆吃饭去了，女孩一个人待在招待所里，等大家都走了以后才从背包里取出馒头。可是由于塑料袋破了一个洞，雨水将馒头泡透了。女孩还没有吃完一个馒头，同学们就回来了，她还来不及藏起湿透的馒头。班长莉莉突然说："哎呀，我还没吃饱呢，能给我一个吗？"女孩不好意思，没摇头也没点头，但是班长已经拿过一个啃了起来。其他几个同学也纷纷走过来拿起馒头嚼了起来，女孩只有无声地落泪，那是她这几天的口粮呀。

　　第二天，到了大家该吃早饭的时候，女孩偷偷地走了出去。还是班长找到女孩，说："我们吃了你的馒头，你这几天的饭当然要由我们来解决呀！"于是她把女孩带到食堂一起吃饭。吃着热腾腾的饭菜，女孩眼圈红红的，原来，班长想让她吃上可口的饭菜但又不想伤她的自尊心，才故意吃光了她那些湿透的馒头。

换位思考：

　　有时候，帮助别人要采取正确的方式、方法。你在帮助别人的时候，有没有想过这一点呢？

成长感悟：

　　贫穷不是谁的错，只要勇敢地面对，并为摆脱它而奋斗，终有一天会远离贫穷。

加加林的太空梦

1959年，苏联发明出了航天飞船——"东方1号"，决定在空军飞行员中征召第一批宇航员。加加林报名参加了考试，他每天都非常刻苦地练习着。

最后，在接连几天的检查中，加加林准确地回答了科学家、医生和军官们提出的各种各样的问题，考官们对加加林的表现感到十分满意。他终于成为第一批6名宇航员中的一个。

接下来，加加林和其他5名宇航员一起训练，接受各项在太空中可能出现的挑战。

确定人选的日子终于到了，加加林心里忐忑不安。因为他看到，其他几个宇航员的表现也非常出色，自己能那么幸运吗？

最终的人选是由航天飞船的主设计师罗廖夫来确定。看着这6名小伙子的资料，他也一筹莫展，因为他们各方面的素质都不相上下。

最后，6名宇航员被带到了"东方1号"航天飞船面前，让他们一起进去参观。加加林激动得热泪盈

眶,终于可以坐到航天飞船上了。其余5人当然也很激动,他们按捺不住急切的心情就要一拥而入。就在此时,加加林却拦住了他们,原来他担心大家一起拥入会对飞船造成不好的影响。在加加林的协调之下,宇航员们鱼贯而入。加加林站在最后,只见他脱下鞋子,只穿袜子进入了座舱。

罗廖夫看了一下这6个小伙子,严肃地宣布:"经过考察,最后的人选是,加加林! "

加加林激动地哭了,其他几个人有点不服气,小声嘀咕着。罗廖夫微微一笑,说:"之所以选他,是因为只有他能让你们忘记自己曾经是竞争对手而形成团结互让的氛围。而且也只有他是脱了鞋才进入飞船里的。这艘飞船倾注了我一生的心血,我爱飞船,胜过爱我自己。"

换位思考:

正是加加林的举动,赢得了罗廖夫的好感,最终成为第一个飞上太空的人。

成长感悟:

也许我们都有尊重他人的意识,但往往缺少尊重他人劳动成果的意识。

艾尔比的天地

　　艾尔比给别人干活，他的主人有几间村舍，其中有一间被人在夏天租用了。

　　艾尔比摆弄起大理石来就像雕刻家那样得心应手。

　　有一天，艾尔比在路那头为邻居们搭建了一个小垃圾棚。垃圾棚被隔成三间，每间放一个垃圾桶。棚子可以从上面打开，把垃圾袋放进去；也可以从前边打开，把垃圾桶挪出来。小棚子的每个门都很好使，顶上的合叶窗也安得很好。

　　在艾尔比的天地中，没有什么神秘的东西，因为那都是他在某个时候制作或修理的，或者拆卸过的，保险盒、牲口棚、村舍全出自艾尔比之手。

　　艾尔比的主人从事着复杂的商业工作。他与人合伙发行债券，签订合同。艾尔比不懂如何买卖证券，也不懂怎样办一家公司。但是当做这些事的人需要搭建棚子时，他们就

去找艾尔比。他们明白艾尔比所做的都是实实在在的、很有价值的工作。你看，艾尔比又回来干活儿了，默默无语，独自一人，没有会议，也没有备忘录，只有自己的想法。

他这样默默为大家做事的行为，不知不觉间也影响到了所有的人。现在艾尔比的村子里，人们会不计较报酬地帮助路过的陌生人；谁家遇到困难，人们都会伸出援助之手。所以，在艾尔比的村子里，所有的困难都是大家的，在这么强大的力量面前，困难似乎也越来越少了。

换位思考：

　　艾尔比默默做事的行为影响了大家。说一说，你身边有这样的人吗？

成长感悟：

　　社会的发展需要各式各样人才的分工协作。作为个人，不去计较太多的得失，也将会收获到不同的果实。

寻找灵石（一）

在古希腊时期的塞浦路斯，曾经在一座城堡里关着一群小矮人。传说他们是因为受到了可怕咒语的诅咒，而被关到这个与世隔绝的地方的。他们找不到任何人求助，没有粮食，没有水，七个小矮人越来越绝望。

小矮人们没有想到，这是神灵对他们的考验。小矮人中，阿基米得是第一个收到守护神雅典娜的托梦的。雅典娜告诉他，在这个城堡里，除了他们待的那间阴湿寒冷的储藏室以外，还有另外25个房间，有一个房间里有一些蜂蜜和水，够他们填饱肚子；有一个房间里有火种，可以让他们不再受冻；还有一个房间里有石头，其中有240块玫瑰红的灵石，收集到这240块灵石，并把它们排成一个圈的形状，可怕的咒语就会解除，他们就能逃离厄运，重归自己的家园。

第二天，阿基米得迫不及待地把这个梦告诉了其他的六个伙伴，其中四个人都不愿意相信，只有爱丽丝和苏格拉底愿意和他一起去努力。开始的几天里，爱丽丝想先去找火种生火，这样既能取暖又能让房间里有些光线；苏格拉底想先去找那个有食物的房间；而阿基米得想快点把240块灵石找齐，好让咒语解除。三个人无法统一意见，于是决定各找各的，但几天下来，三个人都没有成果，倒是累得筋疲力尽的，还被其他的四个人取笑。

但是三个人没有放弃，失败让他们意识到应该团结起来。他们决定先找火种，再找吃的，最后大家一起找灵石。这是个有效的方法，三个人很快找到了火种、蜂蜜和水。三人享用一番后，没有忘记把这些东西带给剩下的四个同伴——特洛伊、安吉拉、亚里士多德和梅丽莎。

换位思考：

　　想一想，生活中你有过和伙伴们齐心协力完成任务的经历吗？

成长感悟：

　　当你面对困境的时候，即使得到了别人的提示，也并不代表就一定能成功，只有大家一起努力才能获得成功。

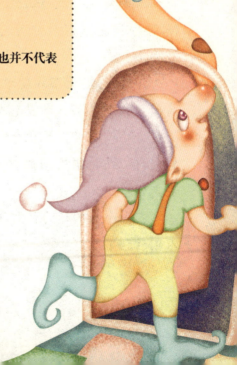

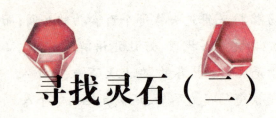

寻找灵石（二）

特洛伊、安吉拉、亚里士多德和梅丽莎分享了爱丽丝他们找到的食物后，四个人的想法也开始发生改变，他们后悔自己开始时的愚蠢，并主动要求和阿基米得他们一同寻找灵石，解除那可恨的咒语。

为了提高效率，阿基米得决定把七个人分成两组：原来三个人，继续从左边找，而特洛伊等四人则从右边找。但问题很快就来了，由于前三天一直都坐在原地，特洛伊等四人根本没有任何方向感，城堡对于他们来说像个迷宫，他们几乎是在原地打转。阿基米得果断地重新分配：爱丽丝和苏格拉底各带一人，用自己的诀窍和经验指导他们慢慢地熟悉城堡。

当然，事情并不如想象中那么顺利，大家总是相互抱怨，总觉得是别人的失误导致迟迟找不到灵石。随着时间的推移，大家的信心慢慢丧失。阿基米得非常着急。这天傍晚，他把所有人都召集在一起，商量办法。

经过交流，大家才发现，原来他们有些人可以很快找准房间，但在房间里找到的石头都是错的；而那些找石头非常准的人，往往又速度太慢。于是，在爱丽丝的提议下，大家决定每天开一次会，交流经验和窍门，然后，把很有用的都写在能照到亮光的墙上，提醒大家，省得再去走弯路。

在七个人的通力协作下，他们终于找齐了所有的240块灵石，小矮人们胜利了。

换位思考：

说一说，你和伙伴们在完成任务的过程中遇到过哪些困难？

成长感悟：

有的时候即使大家齐心协力也不一定会成功，还需要动脑筋交流彼此的经验和窍门。

莉莎的小面包圈

美国有个小女孩,叫莉莎,她妈妈生病去世了,只有当工人的爸爸照料他。爸爸对莉莎要求很严,他告诉她,即便是小事,也可以体现一个人的素质;即使家里很穷,也可以成为淑女。

这一年,美国发生了可怕的经济危机,许多家庭都吃不上饭,莉莎家也一样,因为她的爸爸失业了。

有个富人心地善良,把莉莎住的那条街的孩子都请到他家,一共是20个。富人对这些孩子说:"这只篮子里的面包圈,你们每人拿一个吧。以后每天这个时候都到这里来拿,一直到经济危机好转为止。"

孩子们你争我夺,都抢着挑最大的面包圈,可是抢到手后,也没说声谢谢就走了。

只有莉莎,在他们抢的时候站在一旁喊着:"让最小的先拿吧。"等别人散去后,拿了剩下的一个小面包圈,谢过富人才回家。

第二天,孩子们还像第一天那样来富人家抢面包。莉莎也和上次一样,叫孩子们不要抢。她又拿到一个最小

的面包圈并向富人道谢后才离开了。

等她回到家里，爸爸切开面包圈的时候，里面竟然掉出一个白花花的银币。

莉莎的爸爸很纳闷，说："马上把钱送回去，这钱肯定是错放到面包圈里去的。"

莉莎赶忙将钱送了回去。富人很高兴地说："不，没有错。我是故意把钱放在最小的面包圈里的，目的是想奖励给有谦让精神的孩子。是谁叫你把钱送回来的？"

莉莎便把自己家里的情况告诉给了富人。富人伸出大拇指，说："你的父亲在哪儿？他真了不起，这样的工人不应该失业，你让他来我的工厂上班吧！虽然我的工厂也不景气，但再添一个工人没问题。"

换位思考：

莉莎在大家都因为需要面包而抢夺时，没忘记叫大家一起来帮助弱小的群体；在接受富人的帮助时，总没记说谢谢！而且每次她得到的面包都是最小的。莉莎是不是很傻呢？

成长感悟：

哪怕在最困难的时候，也要保持一颗善良的心，这样你将收获更多的快乐。

1. 路上为何只有半边有花儿呢？那一只坏了的水桶还有用吗？

2. 公交车上，大家一起跳，不是在闹笑话吗？

3. 又冷又硬的石头真能煮出美味的汤吗？

4. 瓜王很"傻"吗？他为什么要把自己精心培育的优良的种子分给别人呢？

5. 父子间的游戏如果没有他人的配合，结局又会怎样呢？

6. 七个小矮人最终是如何摆脱困境的呢？

7. 为什么小莉莎总是最后拿面包圈呢？